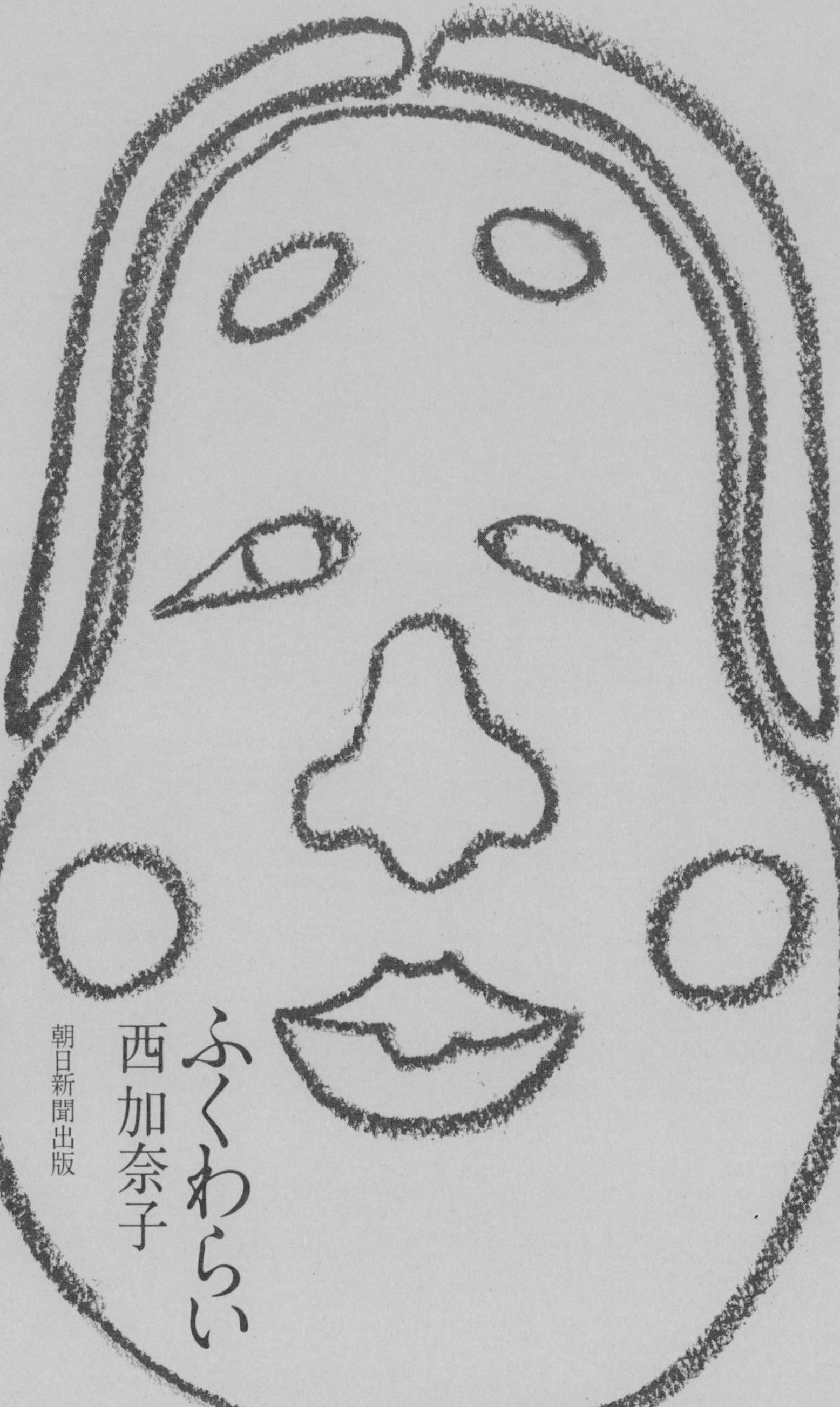

ふくわらい

西加奈子

朝日新聞出版

ふくわらい

カバー装丁　鈴木成一デザイン室
カバー装画　西　加奈子

福笑いが、この世で一番面白い遊びだと思っていた。

小さな頃、母が買ってきた雑誌についてきた付録が、鳴木戸定《なるきどさだ》が触れた、最初の福笑いだった。

当時、定は4歳になったばかりだった。定の誕生日は、1月1日だ。

定は、「たのしいおしょうがつ」と書かれた表紙の、にっこりと笑った幼児の眩《まぶ》しいほどの歯の白さや、その幼児の頬に寄り添うようにしてこちらを覗《のぞ》いている、擬人化された門松《かどまつ》や羽子板や獅子頭《ししがしら》の、黒く光った目を、はっきりと、覚えている。

母親の多恵《たえ》は、定に、5、6歳向けの雑誌を買い与えていた。定は字が読めなかったが、多恵が、「おしょうがつ」を「おしょうがつ」と読むのだと教えると、まるのまま、すぐに覚えてしまった。

だが、「おしょうがつ」という言葉がばらけてしまうと、例えば「お」や「が」が単独であると、途端に、分からなくなるのだった。

定にとって、「おしょうがつ」は、それそのもので、ひとつの絵だったのだ。

後年、それらが、ひとつひとつの独立した「文字」で、その組み合わせによって、様々な「言葉」が出来るのだということを知り、定は驚嘆した。この、小さな絵（文字なのだが）の組み合わせ次第で、「言葉」という世界が無限に広がってゆくことが、奇跡のように思えた。

付録の福笑いは、「おかめ」だった。

多恵が、点線に沿って、目、鼻、口、眉毛を切り抜いてくれた。定は、それらが独立したひとつのパーツであったということに、やはり驚いた。人間の顔は、「おしょうがつ」という言葉のように、目、鼻、口、眉毛とセットになって初めて「顔」なのだと思っていたのだ。だが、目も、鼻も、口も、眉毛も、それぞれに「文字」のような役割があり、その組み合わせで、「言葉」となる「顔」が、出来あがるのである。

定が触れた目や鼻は、ぺらぺらの、乾いた紙だったが、定はその感触を、長らく忘れられずにいる。実際の人間の目や鼻、唇を見るときにも、指先が、ざらざらとした紙の感触を思いだすのだ。そして、それぞれのパーツで出来あがる「顔」、ひとりひとり違う「顔」の奇跡に、毎度、毎度、飽きず、驚嘆するのだった。

多恵が、鏡餅《かがみもち》のような形をした顔（パーツのない顔というのも、定は初めて見た。それは、どこかはにかみ、寂しそうに見えた）を机に置いた。そして、定に、タオルで目隠しをした。

「見ては、だめよ。」

タオルがまぶたを優しく覆《おお》うときの、あの、ぞくりと背中が疼《うず》くような感覚も、定は忘れることが出来ないでいる。それは4歳になったばかりの定の、淡い性の部分に響いたのだったが、そのときは当然、その「感覚」を理解することは出来なかった。

視界が真っ白になり、何も見えなくなる。なのに、新しい世界が、目の前に開けたような、奇妙な体験。小さな定は、足の裏から、体内をすみやかに登ってくる興奮に、身を震わせたのだった。

定ちゃんこれが目よ、と、多恵が渡してくれた厚紙の目は、やはり乾いた紙で、小さかった。こんなに小さかったか、と、定は思った。そして、目に集中していると、さきほど、穴があくまで見ていたおかめの輪郭部分を、もう、忘れてしまうのだった。

人間の記憶の、なんて頼りないこと！　それを知ったのも、福笑いによってだった。

定は、おそるおそる目を置き、ついで鼻、口、眉毛を置いた。定が思っている「顔」が、そこにはあるはずだった。多恵が最初に見せてくれた「おかめ」の顔が、間違いなく、そこにあるはずだった。

「定ちゃん、これでよいのね？」

定が、こくりとうなずくと、多恵は、ゆっくりと目隠しを取った。

なんということだろう。

そこには、定が予想もしていなかった「顔」があった。

眉毛は髪の生え際に、目は耳ほど離れ、鼻は曲がり、唇は、輪郭の外にはみ出しているではないか！「おしょうがつ」が、「しうょつがお」になったようなものである。

自分の行った所業を見て、定は、腹を抱えて笑った。

目や、鼻や、口や、眉毛は、それ自体で意思を持っている。彼らの気まぐれで、「顔」は、いかようにも変わるのだ。

定は、いつまでも、いつまでも笑った。そのとき初めて、現実が定の前に、鮮やかに姿を現した。これがお前の生きる世界なのだと、高らかに宣言したのだった。

後に、多恵は、あのときほど笑った定を見たのは初めてだったと言った。

定は大人しく、滅多に笑わない子供だったのである。それどころか、怒りや悲しみといった、幼児が当たり前のように持つ感情を表すことすら、稀《まれ》だった。

定は、自ら何かを欲することもなく、何かに強烈に反応することもなかった。窓辺に座らせておけば、何時間でも外を見ているような子供だった。多恵が話しかけても返事をせず、いつまでも、いつまでも、飽きず、変わらぬ景色を眺めていた。感情というものを、多恵の胎内《たいない》に忘れて来たようだった。

その定が、笑ったのである。それも、腹を抱えて。多恵は、信じがたい思いで、定を見るのだった。

その日から、定は、福笑いに没頭するようになった。

来る日も、来る日も、「おかめ」の福笑いをやり続けた。その度に、多恵に目隠しをねだるので、多恵は定に、わざわざ目隠しをしなくても、目をつむれば見えないのよ、と教えた。だが定は、目をつむっていても、我慢出来なくなって、すぐに開けてしまうのだと訴えるのだった。自分の「目」が、自分の意思を超えて、勝手に動き始める。本当は、そう言いたかったのだが、4歳の定の語彙《ごい》力では、しかも、ほとんど話すことのなかった定の思いは、多恵には伝わらなかった。

定は結局、多恵に頼まずとも、自分の小さな手で、タオルを強く、強く、縛るようになった。それまで定は、自らすすんで何かを食べることも出来なかったし、周囲にあるものを、手に取ることすらしなかった。定にとって、福笑いは、火であり、知恵だった。福笑いが定に、急速な成長をもたらしたのだ。

定は、タオルの隙間から洩《も》れて来る僅《わず》かな光さえ、五月蠅《うるさ》く思うようになった。部屋の電気を消し、暗闇の中で、福笑いをすることを思いついた。定は特に、窓のない、父の書斎を好んだ。

父の栄蔵《えいぞう》は、作家だった。

作家といっても、元来はただ、世界中を放浪していた、痩せっぽちの若者であった。旅について書いた日記を、栄蔵の父が、ある編集者に見せたところ、興味深い、ということになり、結果、栄蔵は「紀行《きこう》作家」という肩書きで、人生の半分以上を、旅の途上で過ごすこととなった。アマゾン、ニューギニア、ガラパゴス、南極、「行きたい」と、瞬間、思ったなら、栄蔵はどこにでも行った。だから、ほとんど家にいなかった。

書斎は8畳ほどの半地下で、窓がないので、光がまったくささない。

壁一面に設置された棚には、栄蔵の旅の戦利品とも言うべき、色鮮やかな蝶《ちょう》の標本や、コモドオオトカゲやアフリカツメガエルのホルマリン漬け、陸亀のミイラや鳥の卵、ハクビシンの剝製《はくせい》、などが、溢《あふ》れるように並んでいた。

窓が無いのは、これら標本が太陽熱で色あせたり傷んだりするのを防ぐためだったが、部屋はむっとする匂いに包まれ、多恵は、この部屋に入るのを嫌った。

死骸に溢れたこの部屋は、鳴木戸邸の墓場と言ってよかったし、机に散乱している栄蔵の原稿は、夫の立派な仕事ではあったが、同時に、多恵を栄蔵から遠ざける原因にもなっていた。

多恵は一度だけ、書きかけの栄蔵の原稿を読んだことがある。

それは、タイの山間部や、アマゾンの奥地、アフリカ中央部に暮らす民族の、女性の性器の形状について書かれたものだった。彼は女性器を、アジア型、ヨーロッパ型、南洋型という風に区分しており、描写はそれぞれの「色」や「深さ」、「内壁の形状」にまでおよび、そのスケッチは、精緻《せいち》を極めていた。

多恵は、二度と栄蔵の著作を読まなかった。

一年に数カ月しか家におらず、いたとしても、ほとんどこの書斎にこもりきりの栄蔵は、結婚して数年経《た》っても、多恵にとっては遠く、不可解な存在だった。

見合い結婚した日からずっと、多恵は栄蔵のことを「鳴木戸さん」と呼んでいたし、栄蔵にいたっては、多恵のことを、「すみません」や「あの」と呼び、もしかすると、名前すら知らないのかもしれない、と、多恵は思っていた。

栄蔵と多恵の住む家は、世田谷《せたがや》区にある、大きな古い邸宅だった。

栄蔵の曽祖父は、華族の出で、戦後も、土地を手放さずに済んだ。祖父は陸軍の軍医を務め、父も高名な産婦人科医だった。彼らが残した遺産は相当なもので、結果栄蔵は、食うに困るような生活をしたことがなく、思うさま己の「自由な旅」に、かまけていられたのだった。

栄蔵が多恵と結婚したのは、46歳のときだ。その頃まだ生きていた継母にさとされ、しぶしぶといった体《てい》だった。多恵とは、23歳も年が離れていた。

一方の多恵も、裕福な家庭に産まれた。祖父は小学校の校長をし、父は大手の酒造会社に勤めていた。多恵は4人の兄とひとりの姉を持つ末っ子で、父は特に、色が白く病弱の多恵を可愛《かわい》がった。父は読書家で、家にはたくさんの本があった。

初老の紀行作家などに娘を嫁がせたのも、多分に父の興味のせいだった。父はとにかく、作家や学者に対して、憧憬《どうけい》と尊敬の念を持っていた。血気盛んな若い男に嫁ぎ、世間一般の苦労をするよりは、随分年上の知性ある男に、甘やかされながら生きてゆくほうが、多恵にとっては良いだろうと考えたのである。栄蔵の家には、古くから手伝いの婆《ばあ》やがおり、家事に関しては心配ないということも父を安心させたし、栄蔵が子供を望んでいないということも、決め手になった。

多恵が嫁いだのは、1983年のことである。バブル景気前夜の、どこか、浮かれ華やいだ気色が町に溢れていたが、そんな中でも、世田谷区の大きな古い家屋に、手伝いの婆や付きという暮らしは、随分と贅沢《ぜいたく》で、かつ、古めかしいものだった。

婆やは50代で、岸田《きしだ》悦子《えつこ》という、肉付きの良い女性だった。

悦子の家は世田谷線沿線のM駅で、娘がいたが、早くに嫁いだ。夫は養護学校の教諭をしていたが、娘が小学校にあがる頃に、重いメニエール病をわずらい、働くことが困難になったため、彼女が家計を支えるようになったのだった。

悦子自身も、左目を失明していた。そのためか耳が良く、広すぎる家の中でも、小さな定の声を、すぐに聞きわけた。定の喘息《ぜんそく》を最初に疑ったのも悦子だったし、また、霊感といおうか、何かにつけ、聡《さと》い感覚を持っていた。

定が高熱を出したとき、うろたえる多恵に、「庭がおかしい」と言ったことがあった。多恵はこんなときに何を言っているのだと怒ったが、許可を得た悦子が、庭に植わっていたけしの花を燃やすと、定の熱は嘘《うそ》のように下がった。

ある日は、首が痛いと言いだした。誰か近しい人間が亡くなったときに、いつもこうなるのだ、と言う。多恵は不安がり、結果怒って、そういう不吉なことは二度と言わないように、と、釘《くぎ》を刺した。だが、その最中に電話が鳴り、多恵の父が、心不全で急に亡くなったことが分かったのだった。

悦子は優しく、よく働く家政婦だったが、古い家の中、そのような能力のある人間とふたりでいることは、多恵にとって、気持ちの良いものではなかった。そのくせ何か不安なことがあれば、すぐに悦子に相談した。母を早くに亡くしていたので、多恵にとって悦子は、疎《うと》ましいが甘えてしまう、保護者のような存在だったのだ。

父が亡くなったときも、落ち込む多恵を慰めたのは、兄姉でも親戚でもなく、悦子だったし、彼女は実際、人を慰める術《すべ》に長《た》けていた。悦子の分厚い掌《てのひら》で背中を撫《な》でられ、見えないほうの左目で、じっと見つめられると、多恵は自分がまだ言葉を持たない小さな子供に戻ったような気持ちになり、心から泣くことが出来るのだった。

栄蔵とも、ほとんど悦子を通してやり取りしていた。多恵にとって、栄蔵は不可解な存在以外の何ものでもなかった。

結婚して3年後に、娘が産まれた。

夫がつけた「定」という名前を、多恵は嫌った。のちにそれが、「マルキ・ド・サド」という作家の名前を取ったのだと知ったときは、心底腹を立てた。夫の書棚で見つけたマルキ・ド・サドの本は、多恵にとって、グロテスクで醜悪で、読むにたえないものだったのだ。

変人だとは思っていたが、我が娘に、そのような変態作家の名前をつけるとは、いよいよ本物である。多恵はかえって、栄蔵が家にいないことを、望むようになった。

栄蔵は、多恵の気持ちを知ってか知らずか、ますます、家をあけることが多くなったが、旅先から、字の読めない定にあてて、何通も手紙を送って来た。

『定様　お元気でいられることと思います。父は今、アフリカ、ナイル河の源流を辿《たど》る旅に出ています。こちらの人々の頭は小さく、とても良い形をしています。死んだ幼児の頭がい骨など、父の握りこぶしほどで、くるりと丸く、とても可愛らしい様子であります。お土産に持って帰れたらよいのですが、かないません。今度帰宅した際、父が握りこぶしでその様子を作ってさしあげます。』

『定様　お元気でいられることと思います。父は今、不明の病に罹《かか》り、病院でふせっています。虫よけをおこたっていたのが悪いようです。熱が大変高く、下痢が止まりません。下痢は、だいだい色をしています。土地の薬の影響でしょうか。匂いはなく、まさに、だいだいの果実を搾《しぼ》ったような感じです。排便というよりは、排尿の仕様で、便器の中は、大雨のように、涼やかでたくましい音がします。』

多恵は、最初こそ、定に栄蔵の手紙を読み聞かせていたが、しまいには、
「お父さんは、元気です、て。」
とだけ、定に伝えるようになった。

定は、母が読んでくれなかった手紙を手にとり、一文字一文字を、舐《な》めるように見つめた。ひとつひとつの「文字」の集まりが、父の「言葉」になっているのだと思うと、それだけで、面白かった。

封筒の中には、少数民族の女性の髪飾りや、テナガザルの生え変わった歯、バオバブの木の皮やユキヒョウの毛などが入っていた。多恵は、嫌々ながらも、これも一応父親の愛情なのだろうと、保存しておいたが、ある日、水牛のまつ毛を口にほおばっている定を見てから、それらをすべて捨ててしまった。

父の手紙は、いつも、何らかの匂いがした。土の匂いのときもあったし、動物の匂いのときもあったし、得体の知れない匂いのときもあった。定はその匂いを、いつまでも嗅《か》いだ。

多恵と違って、定は、栄蔵の書斎が好きだった。

剝製や標本やホルマリン漬けは、定にとっては恐ろしいものではなく、親しみやすい玩具《がんぐ》だった。ふわふわの可愛いぬいぐるみや、ピカピカとしたプラスチックの人形より、人魚の骨のざらざらとした手触りや、熊の手の剝製の土の匂いを、定は愛した。

中でも、彼女が好きだったのは、栄蔵が特に好んで集めた、多種多様な部族の面だった。固い馬の毛の生えた面や、グロテスクなまでに唇の突き出た面、それらを見ていると、定は何故《なぜ》か、父の顔を思い出すのだった。そして、どこか滑稽《こっけい》にも見えるそれら面の顔は、定が初めておこなった福笑いの、眉毛が高く、目が離れ、鼻が曲がり、唇が顎からはみ出した、あの面白い「おかめ」に似ているのだった。

多恵が栄蔵に対して、どこかよからぬ思いを持っていることは、幼い定にも、なんとなく分かっていた。なので、定は、多恵の目を盗んで、度々、栄蔵の書斎にこもった。

電気を消して、一切の光を遮断する。

定は、まず、暗闇の中で、自分の手を見てみる。見えないはずなのに、見えるような気がする。何故なら、そこに手は「ある」からだ。定はしばらく、自分の体の気配を感じる。真っ暗闇の中、動かずにじっとしていると、体の輪郭が溶け、なくなってしまうような気がするのだが、定の体は、絶対にそこにあって、それは、定の体以外の、何ものでもないのだった。

それから、目隠しをする。4歳の子供にしては、うやうやしく、大人びた仕草だったが、そんな定の姿を知っているのも、他に誰もいない、定たったひとりなのだった。

定は、沼にはまりこむように、暗闇に没頭していった。

鼻さきには、タオルの乾いた匂い、自分の指にゆだねられた「おかめ」の、目や鼻。自分が、紙とはいえ、誰かの器官に触れていること、そして、その器官を使って、自由に「顔」を作ることで、定は、ほとんど神のような境地を味わった。

多恵は、定が書斎にこもるのを嫌った。数時間経って書斎から出て来た定の体からは、あの、むっとする嫌なにおいがしたし、定が自分という存在を超えて、遠い栄蔵と深く繋《つな》がっているような気がしたのだ。

何より、成長するのに一番大切な時期に、何時間も暗闇で過ごす定が、多恵は心配だった。福笑いで大笑いをしたときからの熱中ぶりは、尋常ではなかった。

多恵は、慢性腎炎を患っており、医者からは、妊娠を禁じられていた。妊娠すれば、腎炎が悪化し、妊娠中毒症になる可能性が高いからだ。栄蔵が子供を望んでいないのを、父が決定打としたのは、多恵のこの病気のせいもあった。

だが、結婚した多恵は、子供を望んだ。

父から、何でも与えられていた多恵だったが、自分が望んでも簡単に手に入らないものは、初めてだった。栄蔵との子、というよりは、自分の子、体が弱く、誰かに頼らなければ生きてこれなかった自分の、証《あかし》のようなものが、欲しかった。

子供が欲しい、と栄蔵に言うと、栄蔵は、いいんじゃないでしょうか、と言った。

「この家で、婆やとふたりでは、寂しいでしょう。」

まるで、犬猫を飼うような言い方だった。

多恵は医者に相談した。血圧、蛋白《たんぱく》、クレアチニンの数値が安定しているときなら良いが、それでも妊娠中毒症になる可能性はある、とのことだった。

今まで、何かを決定するときは、必ず父に相談し、了解を取って来た。ましてや、自分の命が関わることを父に相談しないことは、絶対にないはずだった。だが多恵は、定の妊娠、出産に関しては、頑《かたく》なに沈黙していた。己の酔狂《すいきよう》で、自分をあんな変人に嫁がせた父に、多恵は生まれて初めて、反抗したのだった。

代わりに、多恵は、自分の体のことを、逐一、悦子に相談した。何か異変はないか、子供は無事に出来るか、その度に悦子は、見えない左目を光らせて、大丈夫です、と、言葉少なに返事をした。それはもしかしたら、多恵の悲しいゆくすえをみすえての返事だったのかもしれなかった。

結果、定が産まれ、多恵は幸せだったが、後年腎炎が悪化し、定が5歳のときに、命を落とした。定が初めて大笑いをした、翌年のことである。

だが、そのときはまだ、多恵は定の「福笑い」熱を心配している、ひとりの母であった。幸福な、母であった。

幸い、定には腎炎の兆候は見られなかったが、切迫早産で、一カ月あまりは保育器に入れられていた。喘息の気があり、退院しても、他の子供より人一倍小さかった定のことが、多恵は心配でならなかった。定が行くところには、どこにでもついてゆき、入浴や食事、すべてにおいて、細心の注意を払った。

栄蔵は、体の弱い定のことを、ある程度心配はしていたようだが、それよりも、世界各国で見た子供たちの逞《たくま》しさのほうを信じていた。親がおらず、両手を失っていても、彼らは笑うことを忘れていなかったし、石や人糞《じんぷん》の落ちている轍《わだち》を、裸足《はだし》でどこまでも走って行けるのだった。

だから栄蔵は、何か異変があれば、たとえそれが数回の乾いた咳、首をかゆがる動作、眠る直前の僅かな震えなどであっても、すぐに定を抱いて病院に駆け込む多恵を、小さくたしなめた。だが、妻は彼の言うことを聞かなかった。

多恵は、定に夢中だった。

定が産まれてから、自分が命を落とすまでの5年間が、多恵にとって、人生で最も充実して、幸福な年月だった。

定が栄蔵にちっとも似ていないことも、多恵が娘に愛情を注ぐよすがになった。

ぷっくりと膨れた一重まぶたや、誇らしく突き出た唇は、確かに栄蔵の大きな目や愛嬌《あいきょう》のない口ではなかったし、僅かに栄蔵の気配を感じさせる大きな鼻も、小さな頃から毎日のように指でつねり、高くした。

結果、定は多恵に瓜二《うりふた》つになった。病弱なところも、多恵の琴線《きんせん》に訴えた。そしてそうなって初めて、多恵はわずかでも、栄蔵に感謝することが出来たのだった。

一方の定も、動物が水を欲するように、多恵の愛情を求めた。尽きることがなかった。

多恵は、いつも定のそばにいる人であり、定に乳を与え、定を痛いほどに撫でてくれる人だった。定は、多恵が死ぬ直前まで、多恵の乳房を吸っていた。もう、乳は出なかったが、そこから「愛情」という飲み物が出ているかのように、それで生きているかのように、飽きず、多恵の乳房を求めた。

定には、多恵のほかに、もうひとり、「愛情」を惜《お》しみなく注いでくれる人間がいた。悦子である。

定は悦子のことを、何故か、テーと呼んでいた。どうしてそう呼ぶようになったのか、定自身も思い出せないのだが、定がそう呼ぶと、いつしか悦子も、はいはい、テーが来たよ、などと、言うようになった。

定は悦子の、濁ったように光る、見えない左目を見るのが好きだった。それは、禍々《まがまが》しさと神秘と、何より悦子そのものである証だった。

悦子はよく、定の手を自分のまぶたにやり、こう言った。

「見えないほうの目は、見えない分、魔法があるんだよ。テーはこの目で、みんなが見えないものを、見ているの。」

幼い定は、テーの言葉を呑《の》みこみ、とり入れ、自分のものにした。

見えないものを、見ているの。

定は自分自身も、見えないものが見えているような気持ちになった。

実際、福笑いをやり続けてゆくうち、定は、完璧に目、鼻、口、眉毛を、置くことが出来るようになった。目隠しをしていても、眼前に、はっきりと「おかめ」の輪郭が見えた。定は見えるままに、パーツを「あるべき場所」に、置けば良いのだった。

定は、多恵に、福笑いを、もっともっとと、ねだった。

だが、福笑いなどという古い玩具は、その時代、かえって簡単に手に入るものではなかった。自然、多恵は、福笑いを手作りせざるを得なかった。多恵は、定の望むままに、あらゆる人間の顔の福笑いを作った。

父に似たのか、幼少期からの入院生活の影響か、多恵は、手先が器用だった。そしてその器用さは、そのまま定に遺伝し、いつしか定も、幼い手で、福笑いを制作することに没頭しだした。老人の顔、動物の顔、アニメのキャラクター。

何百回、何千回と福笑いをしても、定は絶対に、飽きなかった。

いつしか定は、多恵を見るとき、いっとき多恵の目鼻を、顔からはずして見ることが出来るようになったし、悦子の見えない左目を、その顔から取り出し、宝物のように、掌で慈《いつく》しむことも、出来るようになった。

定は、研究者のような趣《おもむき》で、福笑いに取り組んだ。

そしてとうとう、自分の顔からパーツをはずして、それらを、遠くまで旅にやるようになった。それらは、それぞれ好きな場所を浮遊《ふゆう》し、たわむれた。その間、定はのっぺらぼうのまま、彼らが帰ってくるのを待った。

目、鼻、口、眉毛は、どれだけ遠くに行っても、どんなに長い時間不在でも、定の顔に戻って来た。必ず、戻って来た。

定の前に、ひとりの男が座っている。

目、鼻、口が、中央に集まり、その仲間を遠目で見るように、眉毛が、わずかに高い位置にある。理知的なシルバーの眼鏡をかけているが、どこか愛嬌のある人間に見えるのは、おそらく、この眉毛のせいだろう。仕事の話をしているだけなのに、何らかの個人的なことを聞きたがっているような、人なつこい顔である。

定は、男の顔を見ながら、バッグの中にあるタオルに、気付かれないように触っていた。

定は、25歳になった今でも、常時タオルを持ち歩いていた。そして、ことあるごとに、それに触れ、可能であれば、まぶたに当てていた。視界が白くなるあの「感じ」は、いつだって定を幼かった日に戻し、腕に淡く、鳥肌を立てるのだった。

「それで、Kがずっとリフティングしていたのが、頼朝《よりとも》の生首だったというわけです。」

男は、氷が溶けて薄くなったアイスコーヒーを、ストローでくるくるかきまわしている。水の薄い層は消えて、黒い液体の中に、緩やかに混じっていった。

「それは、思いがけないラストシーンですね。」

定がそう言うと、男は少し得意げな顔をした。眉毛が上に、ぴくりと持ちあがる。

定は、男の眉毛をもっと上に動かしたい、もっと、と思った。それとも、ぎりぎりまで目に近づけると、どうなるだろう。

「ただ、問題は、生首がサッカーボールみたいに、ぽん、ぽんとはねるだろうか、と。」

「人間の頭部は、存外重いですものね。」

定が相槌《あいづち》を打つと、男は顎《あご》を撫でた。定は、思い切って眉毛を諦め、男の唇を、その尖《とが》った顎の先に置いてみた。ミズオオトカゲのような顔になった。

「そうなんです。相当重いんですよ。もっとも、生首だけを純粋に手に持ったことはありませんがね。鳴木戸さんはありますか?」

「私も、生首だけを手に持ったことは、ありません。」

「そうですか。」

「申し訳ありません。生首だけを手に持った経験がなくて。」

「いいえ。どうか気にしないでください。」

男はさきほどから、ストローで混ぜるだけで、アイスコーヒーに少しも口をつけていない。いつもそうだった。運ばれてきた飲み物を、散々弄《もてあそ》び、いじくって、最後、店を出るという段になって、一気に飲み干すのである。飲み干すときの唇も鳥のようで、定はそのときいつも、男の目を、左右に大きく引き離す。オニオオハシのような顔になる。

「それと、頼朝だと、肖像画で見る限りは面長《おもなが》なんですよね。はねるとしても、サッカーボールのようでなく、ラグビーボールのように、不規則にはねるかもしれない。」

定は、歴史の教科書で見た、頼朝の顔を思い浮かべた。

有名なのは、絹本著色《けんぽんちゃくしょく》伝《でん》源頼朝《みなもとのよりとも》像だろう。

美しい模様の施された黒い束帯《そくたい》に、黒い烏帽子《えぼし》を身につけた頼朝公は、肌が透き通るように白く、なるほど確かに、面長である。定は、今、目の前に絵があるように、その姿をはっきりと思い浮かべることが出来た。

すう、と通った美しい切れ長の目は左前方を見据《みす》え、決してこちらを見ることがない。丸く刈られた綺麗《きれい》な髭《ひげ》、眉毛はきりりと勇ましく、それをつなげてみると、頑固な動物のような顔になった。

「面長。たしかにそうですね。」

「家康《いえやす》だと結構な丸顔なんですがね、やはりKの性格やこれまでの人生を考えると、彼がリフティングするのは、やはり頼朝なんですよね。鎌倉幕府。」

「そうですね。私もそう思います。」

「鳴木戸さんも、そう思いますか。」

「ええ。Kがリフティングするのは、頼朝の首以外は、あり得ない、と思います。」

「ですよね。」

男は、満足そうにうなずき、目を閉じた。やはり、アイスコーヒーには手をつけない。定の頼んだロイヤルミルクティーも、表面にこっくりと、ミルクの膜が張っていた。もう2時間、この店にいる。

「どうしたもの、か。」

そう呟《つぶや》いた男のパーツを、定はすべて取り除いてみた。

まっしろな、のっぺらぼうの顔を、しばらく吟味《ぎんみ》し、代わりに、頼朝公のパーツを、置いてみる。別段、違和感はなかった。この男も、面長だからだ。ただ、頼朝公のように、頬が丸みを帯びていないので、肖像画よりも線が細く、神経質に見えた。

「私がこんなことを申しあげるのはおこがましいのですが。」

「なんですか、鳴木戸さん。」

男は、目をつむったまま、耳だけを定のほうに向けた。

「生首は残しておいて、リフティングを変えてみるというのはいかがでしょうか。例えば、新体操のボール演技のようなものや、それこそ、ラグビーのように蹴りあげるというような。」

「だめですよ。リフティングがいいんです。Kは自暴自棄《じぼうじき》になり、図書室で頼朝の首をリフティングする。それ以外のラストはありえない。」

男は目を見開いた。定が油断していたので、頼朝の顔のままである。頼朝公は、みけんに皺《しわ》を寄せ、苛立《いらだ》ちを見せていた。

「先程も言ったでしょう、鎌倉幕府ですしね！」

意見を言うのが早すぎた、と、定は思った。

作家は、なかでもこの男は、ほとんどすべての意見を肯定してから、ゆっくり軌道修正しなさいと、上司に言われていたのだった。

「さいこさんは、とにかく話を全部聞いてやること。フリでもいいから。親身に、親身に、さいこさんの言うことを、全肯定してあげるんだ。あなたの意見は正しい、やり方は正しい、ひいては、人生は正しいって。」

定は半年前、この男、之賀《これが》さいこの担当編集者になった。

之賀さいこは、引きこもりだった10代のときに、自身のネットに書きこんでいた『遠足に洩《も》れる』が話題になり、デビューした。それは当時のニートやひきこもりと呼ばれる層に受け、大変なヒットとなった。次作『自習の掟《おきて》すら』も、デビュー作ほどではないが、出版界の中では、そこそこの売上を記録した。

当時は、インタビューや打ち合わせもすべてメールでやり取りしていたらしいが、3年経った今では、こうやって喫茶店で打ち合わせが出来るほどになっている。それどころか、自ら選んだ開襟《かいきん》のシャツを着て、飲み会などにも参加しているようである。

それでも、読者のイメージを裏切らないため、さいこは今でも表には出ず、千葉の一軒家で両親と暮らしているということになっている。本当は五反田《ごたんだ》にある、2LDKの豪奢《ごうしゃ》なマンションで、一人暮らしをしている。

「リフティング、そうですね。申し訳ありません。やはりリフティングという行為にこそ、意味があるのですね。本当に、申し訳ありません。私ごときが、意見を言ってしまって。生首だけを、持ったこともありませんのに。」

定が深く頭を下げると、さいこは手で制した。

「いや、いいんです、いいんです。鳴木戸さんは、編集者ですからね。作家に、より秀逸な物語を書いてほしい、という気持ちは分かります。ただ、覚えておいてほしいのは、編集者は『書かない』ってことなんです。分かりますか。あなたたちは、『書かない』んだ。一行も。『書く』のは、僕たち作家だけなんです。」

「本当に、申し訳ありません。」

心から謝ろうと思い、定はさいこの顔を、頼朝から元に戻した。

目の前にあるさいこの顔は、自分よりも弱者を相手にするときの、僅かな優越感に、満ちていた。

「とにかく、ラストシーンは、Kが自暴自棄になり、図書室で頼朝の生首をリフティングする、それしかありません。」

「ええ。」

「そうでなければ、僕は書かない。」

「ええ、どうか、そのように書いてください。」

「僕の好きに？」

「はい、さいこさんのお好きにお書きになってください。」

「望むままに？」

「はい、さいこさんのお望みのままに、お書きになってください。」

「ふむ。」

今やさいこは、全能感に満ちながら、ソファに体を預けていた。

定は、わずかにふくらんださいこの鼻の位置を変えるのを我慢しながら、ぬるくなったロイヤルミルクティーに口をつけた。厚い膜を、ずるりとすすると、甘かった。


職場に戻ると、定のデスクには、数枚の「ＴＥＬあり」のメモと、送られてきたゲラのＦＡＸが置かれていた。

定は、ホワイトボードの『之賀さいこ先生　打ち合わせ　13時戻り』を消した。そして席に戻り、パソコンを開いた。８件のメールが来ている。

あにた博《ひろし》という作家からの、『あと５秒で原稿送ります』、六本木大《ろっぽんぎまさる》の小説『緑の赤い花』の映像化依頼など、当然ながら、すべて、定の担当作家に関するメールだった。

定は、速やかにキーボードを叩《たた》いた。軽やかなキーの音が、耳に心地よい。

メールの返信を終えた定は、送られてきたゲラに取りかかった。

会社は、電話が鳴ったり上司に呼び出されたり、とにかく五月蠅《うるさ》くて原稿読みに集中出来ない、という編集者は多い。原稿を持って社外の喫茶店へ行ったり、原稿を家に持ち帰る者もいる。

定に関していえば、環境からのそういった弊害《へいがい》を感じたことは、一度もなかった。

例えば車のゆきかう大通りでも、フィーバーの続くパチンコ屋でも、意識をして耳に蓋《ふた》をすると、周囲の音は消え、およそ自分の耳内《じない》の、どくどくと脈打つ音しか聞こえなくなった。そして、目の前の風景は途端に遠く、あわく歪《ゆが》む。まるで、ぶあついガラスを通しているようだった。

定は、いつだってひとりになれるのだ。誰といても、どこにいても。

小さな頃から、そうだった。幼稚園でも、小学校でも、定が少し心を傾けると、同級生の賑々《にぎにぎ》しい生命の中、自分だけは透明になって、いつまでも、静寂の底に沈んでいられた。ガラスはどこまでも厚くなったし、静けさは定の、唯一の友だった。

「鳴木戸ぉ、ちょっといいかぁ。」

編集長にそう呼ばれたときも、定は原稿に集中していて、その声に気付かなかった。

大きな地震や、誤って鳴った非常ベルなどにも頓着《とんちゃく》しない定の「その」時間を、職場の皆は「定《さだ》時間《じかん》」と呼んでいる。それは集中というよりは、瞑想《めいそう》のように見えた。

「鳴木戸ぉ、鳴木戸ぉ。」

編集長が何度呼んでも、定は原稿から顔をあげない。

よく仕事が出来、誰よりも早く出社しては掃除までこなしている定を、職場の誰もが重宝がるが、この「定時間」だけはどうにかしてほしい、と思っている。席まで行って、強く肩を叩かねば、気付かないのだ。

「小暮《こぐれ》ぇ、鳴木戸を呼んでくれぇ。」

席を立ちたくない編集長は、結局こうやって、他の編集部員に、定の肩を叩きにゆかせる。

小暮しずくは、定より1年あとに入って来た、新人の編集者だ。ぱっちりと大きな目と、少女のように愛らしい唇は、いつもきらきらと光っている。「美しすぎる編集者」として、テレビに出たことがあり、小暮を「指名」してくる男性作家もいるほどである。

「あの、鳴木戸さん。」

肩を叩かれた定が顔をあげると、小暮しずくの顔が間近にあった。

定は思わず、小暮しずくの目や鼻や唇を、顔から離してしまった。そして、あわてて元に戻した。以前から、小暮しずくの顔を、定は散々弄んできた。「美しすぎる」と言われるその顔の理由を、いちから確かめたくなるのだ。

定にとって、人の顔の判断基準は、美醜ではない。「面白い」かそうではないか、それだけだった。

小さな頃から、「可愛い」や「かっこいい」と言われている同級生の顔を、定は仔細《しさい》に見つめてきた。なるほど確かに、彼らの目、鼻、口、眉毛は、ここにあれば胸がすくだろう、と思う場所、「あるべき場所」にあるように思えた。だが、それが他の人間より優れている証になることは、体感として分からなかった。

定は、「そこ」にあるはずの眉毛が、わずか左右にずれていたり、唇が本来あるはずの場所から、大幅にはみ出していたりする顔を好んだ。彼らの顔は面白かったし、どれほど見ていても、飽きなかった。それは定の愛した、部族の面に似ていた。

彼らの顔を、「あるべき」サイズにし、「あるべき」場所に置いても、確かに整ってはいるが、一見すると覚えられない、特徴のない顔になる。「彼ら」ではなくなるのだ。彼らの目、鼻、口、眉毛は、「彼らの場所」に置いてこそ、「彼らの顔」になるのである。

その、やはり奇跡といってよい不思議を、定は愛したのだった。

一方、同級生たちは、定を愛しはしなかった。

休み時間、いつもじっと席に座って、不思議そうに教室を見まわしている定は、彼らにとっては、安易に触れることが出来ない存在だった。

鳴木戸定という時代錯誤な名前は、からかい甲斐《がい》のあるトピックだったし、定の、黒く、まっすぐに切り揃《そろ》えられたおかっぱ頭もそうだったが、同級生たちが、定に近づくことは、まずなかった。

疎《うと》ましいのでもない、腹が立つのでもない、ただ、不気味だったのである。

内気に見えた定だったが、時折目が合うと、じっとこちらを見返してきた。

同級生たちは、定に対して、医者に対するような、淡い恐怖を覚えた。

「鳴木戸さんは、どうしてあんなに自分たちを見るのか。」

そう、陰で言う者はあったが、かといって定の視線は、乱暴な生徒の暴力をあおるようなものではなかった。

ただただ、定は「見て」いた。

それは当然、定が、皆の顔、目や鼻や口を、あちらこちらに移動している最中の視線だったのだが、定のそんな癖を知らない同級生たちは、定を避けた。といって、もし定の癖を知っても、定を避けることに、変わりはなかったろう。

「あなたたちの顔の、目や鼻や唇を、少し移動させたり、掌に握ったりして遊んでいるのだ。」

そう言われて、なるほどだからあの視線なのか、と納得する人間など、いるはずもなかった。

福笑いで「立体」を学んで来なかった定は、人間の顔が、配置だけではなく、前に出ているのか、引っ込んでいるのかで、いかようにも変わるということを、随分後になってから知った。

それは、大きな発見だった。

「出っ歯」と呼ばれている同級生がいた。彼の歯はたしかに唇からわずかはみ出しているが、皆が言う「出」とは、空間につき出していることを言っているのだ。「アゴ」と呼ばれていた女子生徒も、そうだった。定から見ると、彼女の顎は、若干長いとは思っていたが、大きくこちら側にせり出していることを、皆はからかうのである。

そういえば定は、皆の顔をじっと見る癖があったが、いつも正面から見るものだから、不気味がられたのかもしれなかった。人間は、人間と接するとき、なかなか正面から対峙《たいじ》することはないのである。人間の顔は、真正面から見たものだけがすべてではない、立体を含め、すべてで「顔」なのだ。

そんな当たり前のことを、定は8歳になるまで、ほとんど理解しなかった。

今でもそうだ。周囲の人間に「横顔」や「斜め右から見た顔」があることを、たまに、不思議に思うことがある。掌で慈しむ、目や鼻も、定にとっては立体ではなく、幼いときに触れた、福笑いの、乾いた紙なのだった。

「小暮さん、何でしょうか。」

今、定は、我慢しようとしても叶《かな》わず、小暮しずくの目を、少しずつ下にずらしている。大きな目だから、鼻にちかづけると、リスのように見えるのだ。

「あの、編集長が呼んでますよ。」

小暮しずくは、どこかで定のことを不気味に思っているようなところがある。かつての同級生たちと同じだ。小暮しずくは、仕事は出来るし尊敬は出来るが、いつも、学生が就職活動で着るようなパンツスーツ、それも、だぼだぼと大きいものを着て、いつまで経っても、自分に頑なに敬語を貫いてくる、距離の一向に縮まらないこの一年上の先輩を、もてあましているのだった。

「ありがとうございます。」

定は、誰に対しても、徹底して丁寧すぎる敬語で通している。敬語で話すことのほうが、馴染《なじ》んでいるのだ。十数年、人と慣れ合う、ということを、ほとんど知らずに生きて来たのである。

たまに、編集部員同士、「てめー」や、「ばかじゃねーの」などと言いあっている女性などを見ると、定は驚く。そして、映画のスクリーンを見ているような気持ちで、彼女らを眺める。それが愛情に裏打ちされた言葉だと、中学に入って初めて知ったが、未《いま》だに、そのような場面に遭遇すると、目を瞠《みは》る。定は、中学や高校の頃と、何も変わっていない。そしてそのことを、寂しいと思うことも、ないのだった。

定のいる編集部には、６名の編集部員がいる。女性編集者が、定と小暮しずくを含めて４人、あとは編集長と、篝《かがり》という男性社員である。

編集長の席は、大量の本や資料に阻《はば》まれて見えない。編集長だけでなく、どの編集部員の席も、似たような惨状である。「美しすぎる」と言われる小暮しずくの席も、かろうじてラップトップが置けるだけ、というありさまだ。

唯一整然と片付いているのは、定の席だけだ。徹夜が続いても、激務が終わらなくても、常時オフィスの見本のように整っている定の机のことも、編集部員たちは脅威に思うのだった。

いつだったか、飲み会で、鳴木戸さんはロボットだ、と言われたことがあった。その冗談を裏付けるように、篝が酔って言った。

「いつもコンセントの近くにいるじゃないか。ロボットの証拠だよ。」

皆は笑ったが、それを聞いた定は、穏やかにこう言った。

「篝さん、私はロボットではありません。現にほら、私の手の甲には、こう、血管がはっきりと流れているでしょう。もし信じられないようでしたら、少し、切ってみましょうか。きっと、血が流れます。」

皆、黙り込んだ。定は真面目だった。

定の微笑《ほほえ》みは、人間のもののようだったが、ロボットなどとは程遠い、はかり知れぬ何かにも見えた。定は、自分を唖然《あぜん》とした表情で見ている、皆の顔を見た。皆の顔は、それぞれの、「皆の顔」だった。

「鳴木戸ぉ、忙しいかぁ。」

編集長は、語尾を大きく伸ばす癖がある。仕事が出来、信頼も厚いが、この話し方のせいで、怠《たい》惰《だ》な印象がある。

「今現在のことでしょうか。それとも、全体的な仕事量のことでしょうか。」

「全体のことだぁ。仕事、どれくらい抱えてるぅ?」

「今即答はできませんが、お望みであれば、書面にしてお渡しします。」

「んああ、いいよ、いい、いいぃ。あのぅ、なんだ、ひとり担当してほしい人間がいるんだぁ。連載の書籍化なんだけど。ほら、米永《よねなが》がやめちゃったろぅ?」

米永は、定の部署にいた、40代の男性社員である。

暗い雰囲気を持った、だが真面目な社員で、いつも、変わった作家ばかり担当していた。数冊ヒットを出したこともあり、暗いながら、社内の評価は高かったのだが、先月、急に仕事を無断で休み、そのまま会社に来なくなったのである。

「米永さんが書籍の担当をされる予定だったのですね。」

「そうなんだよ。といって、書籍にして売れるのか、て話だけど、なんか、カルト的な人気のある人らしくてなぁ。」

「どなたでしょうか。」

「あ、守口廃尊っていうんだけどぉ。」

「もりぐちばいそん。」

「プロレスラーのぉ。」

「申し訳ありません。私、プロレスリングに関しては、何も知識がありませんで。」

「『週刊事実』で連載してるんだよ、知らないかぁ。」

定の勤めている出版社には、定の所属している文芸編集部の他に、数々の部署があり、数冊の女性誌やカルチャー誌などを発行している。『週刊事実』は、その中の一冊である。

編集部は、文芸編集部と同じフロアにある。

近づいただけで、猛烈な煙草《タバコ》と、汗のような、頭皮のような、生々しい匂いがする。会社の中でも、喫煙が許されているのは、文芸編集部と『週刊事実』編集部だけである。なので、他部署の喫煙者が、煙草を吸いたいときに、まるで喫煙所のようにこのフロアにやってくる。そして、それを理由に小暮しずくに話しかけにくる、という不逞《ふてい》な人間もいる。

煙草を吸わない編集部員からすれば、迷惑な話だ。文芸編集部でも、定のほか、小暮しずく、他ふたりの女子社員と篝は、煙草を吸わない。そんな状況なのに、フロアが喫煙可なのは、もちろん、『週刊事実』編集部に、責があった。

だが、『週刊事実』編集部には、禁煙を勧告できるような雰囲気はなかった。いつ、何時でも灯《あか》りがつき、編集部から人が絶えることがない。中には一週間ほど家に帰っていない編集部員もおり、皆いちように顔がむくみ、青黒かった。

女性社員がひとりもいないのも、社内では唯一の部署である。女性がいないのをいいことに、どこで洗うのか、下着や靴下が干してあったりする。

「『週刊事実』で。そうですか。申し訳ありません。自社から刊行されているものは、すべて目を通そうとは思っているのですが。」

「いや、いや、いい、いいよぉ。俺だってしらねぇんだし。」

「なんというタイトルで連載をなさっているのですか。」

「えーと、なんだっけなぁ、あ、これだこれ。」

編集長に渡された『週刊事実』には、『守口廃尊の闘病たけなわ！』という、朗《ほが》らかな袋文字と、その横に守口本人らしい写真があった。

廃尊とは、動物のバイソンの当て字であろうか。バイソンのように、両手を角の形にかかげて、こちらを睨《にら》んでいる。角の曲がり具合からいって、バイソンの中でも、ステップバイソンという種類だろう。そう思ったのは、のちのちのことで、そのときの定は、守口の顔に、釘づけになっていた。

右目と左目の大きさが、歴然と異なる。そのうえ、左目は脱落したように、随分下に落ちている。鼻は大きく立派だが、左にぐにゃりと曲がり、口はその逆側に引っ張られていて、眉毛は、眉筋だけがはっきりしていて、毛の類は、ほとんど見当たらない。

失敗した福笑いではないか。

定の指先が、ぴく、ぴく、と震えた。まるで、心臓がそちらに移動してしまったようだった。タオルに触りたい、と思った。だが、自分の席に置いてきてしまった。定は代わりに、自分のシャツに触れた。木綿の手触りは、脈打った定の指に優しかったが、定の動悸《どうき》は、治まらなかった。

「どうだぁ鳴木戸ぉ。お前のハタケとは随分違うから申し訳ないけれどもぉ、まあ、息抜きだと思ってやってくれないかぁ。」

「やらせてください。」

「お、おお、良かった、良かったぁ、よし、頼むぞぉ。『事実』の担当者に言っておくから、なぁ？」

編集長は、明らかに、ほっとしている様子であった。

定は丁寧すぎる一礼をして席に戻り、すぐにタオルを手に取った。あ、と、声を出しそうになる。思わず顔に当てると、タオルは、乾いたにおいがした。パイルのちいさなループは、定のまぶたを押し、定の腕には、やはり、ぷつ、と、粟《あわ》が立った。


定は早速、守口廃尊のことを調べた。

1965年生まれ。本名、守口譲《ゆずる》。

中学時代は砲丸投げの選手として名をあげ、15歳で相撲部屋に入門したが、幕下にとどまり、目立った成績を残せていない。その頃酒席での暴行と賭博《とばく》の容疑で逮捕され、同時に破門《はもん》されている。

腐っていたところ、友人の勧めで、新日本プロレスの入団テストを受け合格。197センチ、115

キロの体格に恵まれ、1984年、デビューを果たしている。当初は守口破門の名でリングに立っていたが、のち、現在の守口廃尊に改名している。柔らかな関節技を得意としたが、全体的にファイトスタイルは地味であると言われる。

86年、蝶野《ちょうの》や橋本《はしもと》、武藤《むとう》ら同年デビューのレスラーと共にアメリカ武者修行、リー・モリの名で、ヒールとして戦う。その頃から、全身を白塗りにして登場したり、試合中、耳に手を当て、神の声を聞くパフォーマンスをするなどの奇行が目立つようになった。88年に帰国、凱旋《がいせん》帰国試合で、頭に、死者のする三角布を巻いて登場。反則負けしている。

90年、後楽園ホールでの試合後に、マイクで自身が鬱《うつ》(当時は鬱という言葉は一般的ではなかったため、精神病者である、と言った)であることを公表した。その後入退院を繰り返したが、試合には出続けた。この頃から関節技はあまり見られなくなり、ロープから飛んだり、場外で乱闘したりと、ラフなプレイが目立つようになる。奇妙な言動を好むファンは多かったようだが、鬱がひどくなり、休場するに至った。

復活を遂げた1991年の試合で、何に激昂《げっこう》したのか、対戦相手の目をつぶそうとし、そのまま新日本プロレスを解雇されている。のち数度の自殺未遂と、入退院を繰り返し、今はD・O・Tというちいさな団体のリングに立ちながら、『週刊事実』のコラム執筆を、もう5年ほどつづけている。46歳。乙女座のA型である。

定が驚いたのは、守口破門時代の写真だった。

現在の守口とは、まるで違う。痩せていることもあるのだろうが、眉毛りりしく、眼光鋭く、鼻も口も、「あるべき場所」についている。整った顔と言って良かった。

現在のような顔になったのは、事故にでも遭《あ》ったのだろうか。自殺未遂が、何らかの影響を与えているのだろうか。

定は、守口廃尊のことが気になって、仕方がなかった。


「拒食症になって、吐いてたんすよ。」

『週刊事実』の守口担当は、若鍋《わかなべ》という、20代後半の男性だった。

マダラカマドウマのような顔をし、体も異様に細い。だが、服の上からでも、下腹が異常に出ているのが分かる。地獄絵図に出てくる、餓鬼《がき》のようである。

「あんまり吐くと、歯が溶けるでしょ。それで、ある日顎が歪んだそうすよ。」

守口破門時代と、守口廃尊時代で、どうしてあんなにも顔が違うのかと問うた定に、若鍋がそう答えた。面倒臭そうではなかったが、舌足らずの話し方が、どうしても甘えたような印象を与える男だった。

「目はどうなさったんですか。」

「あ、あれは眼窩《がんか》骨折して、そのままほっておいたらしいんすよ。」

「鼻はどうなさったんですか。」

「鼻も試合じゃないですか。折れたのをまた、ほっておいたんでしょ。」

「そうですか。」

雑誌の連載を書籍化するにあたって、定のような文芸編集者は、雑誌編集者から作家の担当を引き継がれる。本来、若鍋はすでに米永への引き継ぎを終えていたのだが、米永の失踪を受け、改めて定に守口を紹介することになったのだ。

定は、守口廃尊のことを、とことんまで知りたかった。担当作家のことを、誰よりも知っておくのが編集者の仕事だと、つねづね思っている定だったが、守口に関しては、それだけではないような気がした。

若鍋自身は、担当であるはずの守口に、何の興味も抱いていないようだった。

「俺で担当10人目くらいじゃないすかね。」

守口廃尊は、大変扱いにくい作家だそうだ。とはいっても、本業は、作家ではないのだが。

初期の担当者は、純粋に守口のファンで、原稿を頼んでから、3年あまりを担当していたが、その間も守口には悩まされることが多く、たびたび体を壊したらしい。結局彼は『週刊事実』を離れ、守口には新しい担当がついたが、そこから次々と、担当が変わっていったそうである。

「とにかく、面倒臭いんす。」

「どういうところがでしょうか。」

「うーん、夜中に急に呼び出されて、延々訳の分からない話につきあわされたり。」

そういうことなら、文芸の作家でも、ままあることだ。

小暮しずくなどは、男性作家に呼び出され、家に来てくれと言われたり、一晩付き合ってくれないと原稿を書かないと脅されたこともある、と言っていた。それでも訴えたり、作家と縁を切ったりしないのは、やはりその作家が素晴らしい原稿を書くということもあるし、もし現在書いていなくとも、将来傑作を書く可能性があるからだった。

定には、男性作家にまつわる「そういう」経験はなかったが、作家に付き合って、朝まで酒席を共にすることはままあったし、その代金をこちらが負担するのも、当たり前のこととしてまかり通っていた。之賀さいこのような作家に、喫茶店で数時間付き合うことなど、造作もないことである。

「あとは変な宗教じみた話を聞かされたり。何でキレるかわかんないし。」

「キレるとはどういうことでしょうか。」

「なんだろう、例えば漢字の間違いを指摘したら、『故意』って大きく書いた紙がＦＡＸされてきたり。暗いんすよ、基本。」

「故意に書いたのだということを、伝えられたかったのですね。」

「暴力はないですけどね。一応、ほら、プロレスラーだから。ボクサーが拳使っちゃだめ、みたいに、犯罪になるんじゃないすか。でもとにかく、ねちねちねちねち、しつっこいんですよ。」

「そうなんですか。若鍋さんは。」

「俺はないです。担当になって2カ月ですから。それに、俺が担当してる間は、ダウナーな時期だったみたいで、異常に大人しかったですね。直接会ってない、ていうのもあると思うんですけどね。締め切りも守りますし、基本、真面目ですよね。」

定は、若鍋に会う前に、『週刊事実』のバックナンバーを調べた。そして、可能な限り『守口廃尊の闘病たけなわ！』を読んでいた。

プロレスラーがどのような文章を書くのか、まったく見当がつかなかったが、守口の書く文章は、「小生《しょうせい》」という一人称で語られ、文体も古臭く、日記か妄想か分からないようなものだった。

『9時に起きた（＊注釈1）。それから顔を洗い（＊2）、卵をゆでた。ゆで卵に塩をかけて食った（＊3）。気分がよかったので、外に出た（＊4）。出たが、こわくなって家に戻った（＊5）。あとはずっと家にいた。

＊1　世間一般でいうところの時間だ、あの時計の針というもので支配されている時間だ。＊2　顔を洗うという行為は、冷たい水を顔に浴びせることによって目を覚ます、または寝ている間に出た脂《あぶら》、眼やに、鼻糞《はなくそ》、などを洗い流し、見栄《みば》えを良くするという効果もある。どうして見栄えをよくしなくてはならないかというと、それが世間一般でいうところの常識だからだ。＊3　世間一般でいうところの「食べる」という行為だ。食べ物を口に入れ咀嚼《そしやく》するのである。＊4　世間一般では、家や建物の空間以外は、外という概念がある。家は内や中で、それ以外は外だ。すなわち、家や建物以外で眠っている人は外で眠る人であり、すみやかにホームレス、浮浪者と呼ばれるようである。＊5　小生は「外」が恐《こわ》いようである。太陽ではなく、道ではなく、「世間一般」という外がこわいのだろう。』

『「百年の孤独」を、久しぶりに読んだ。何が面白いのかわからない。だがページを繰る手は止まらないので、小生は適当に開いたページ、適当に指差した一文を、つなげることにした。

ウルスラが留守にし、目に見えないメルキアデスの影が今もこっそりと部屋をさまよい歩いている屋敷は、だだっぴろいだけにいっそう空虚な感じがした。悲劇が外部に残していった跡は、彼女がやけどの手に巻いて死ぬまでほどこうとしなかった、黒いガーゼの繃帯《ほうたい》にかぎられた。多くの不安や安堵《あんど》を、喜びごとや不幸を、変化や災厄や昔を懐かしむ気分などをマコンドに運びこむことになる、無心の、黄色い汽車が。


これは文章なのだろうか。意味をなしていないのかもしれないが、小生はこれを読むと、間違いなく「百年の孤独」を読んだと思う。意味とは何だろう。ページは、小生の鉛筆のせいでたくさんのこと汚れた。今日は一日これをしていた。これ以外しなかった。明日もそうだろう。』


定は、守口廃尊の書くものが好きだと思った。

内容はほとんどあってないようなものだが、読み続けていると、独特の力があり、それは暗く、不穏だったが、何故《なぜ》か惹《ひ》きつけられた。

「何がいいんすかね。」

若鍋は、『守口廃尊の闘病たけなわ!』を見ながら、そう呟いた。

「え。」

「僕にはこの文章の何がいいのか、本当にわからない。」

「私は好きです。力があると思います。」

「力？」

「ええ、文章に、力が。」

「はあ。」

「言葉を、言葉からお考えなのではないでしょうか。」

「言葉を、言葉から？」

「はい、文章を書くときに言葉を組み合わすのではなく、言葉以前から始められているのではないでしょうか。」

「はあ……。」

若鍋は、珍しいものを見た、という風に、定をじっと見た。そして、気を取り直したように、小さく咳払《せきばら》いをした。

「まあ、なにげにファンが多いのは事実なんですよね。ていっても、たぶん新しい読者はゼロだと思うんですよ。守口廃尊好きが、ずっと好きで読み続けてる、ていうだけですから。」

「そうでしょうか。」

「だから、書籍にしても、一定数は売れると思うんすけど、増刷なんて絶対に望めないと思います。新しい読者がつかないんだから。」

「そうでしょうか。」

「書籍化するのも、それを口実に連載を終わってもらおうって魂胆なんで。何もなしに連載終了にしちゃったら、あの人何するかわかんないから。」

若鍋の手の中で開かれたページから、守口廃尊の奇妙な顔が、こちらをじっと見ている。定はこのとき初めて、バイソンの角を表した手が、ステップバイソンのものだと気付いたのである。

「何するか、とは。」

「それこそまた自殺未遂とか、編集部に押しかけてきたりとか。」

「はあ。」

「こわいですか。」

「いいえ。」

「普通の女性だったら、ひるみますけどね、きっと。」

定には、若鍋の言うことは理解出来なかった。かつての人生で、そもそも「ひるむ」といったことが、一度もないのである。

定は、与えられた環境を、意識しないままに受け入れることに、長けていた。不満を覚えたこともないし、不満を覚えないでいよう、と、努力したこともなかった。


5歳で母親が死んだ後、定は、事実上、栄蔵に育てられることとなった。

栄蔵はその頃、紀行作家としての地位を確立していた。それはほとんど冒険家といってもいいほどで、アラスカや北極、パタゴニアやメキシコ、一瞬でも興味を持てば、どこにでも飛んで行った。

栄蔵の書くものは、粛々《しゅくしゅく》としているが、固有の温度と対象への尊敬に溢れており、彼が心底その旅行を楽しんでいたことが分かった。

後年、彼の編集者が彼の追悼《ついとう》文に寄せて、

『日本にいる鳴木戸さんに会うと、このロボットみたいに感情のない男が、あんな破天荒《はてんこう》で魅力的な旅をしてきたとは、到底思えなかった。』

と、書いている。定はそれを読み、「ロボット」のような、と言われていた父と自分は、やはり親子だったのだ、と、わずかに感動したのだった。

栄蔵は生涯、「旅」の途上にある自分を尊重してきた。

日本の、曽祖父が建てた大きな邸宅に住む自分は、それだけで「鳴木戸栄蔵」でなければならないという呪いをかけられている、と思っていた。それは間違いなく自分の住まいではあったが、そこに根を下ろすことは、「鳴木戸栄蔵たること」の呪いを、強固にすることだと、信じていた。

栄蔵は、見知らぬ地から来た「誰か」として、見知らぬ土地に立ち、見知らぬ人と接し、見知らぬ食べ物を口にすることで、「鳴木戸栄蔵たること」から、逃れたがった。

だからこそ、妻である多恵に、「妻」であるという以外の感情を持てなかった。それが、はっきりとした愛情だったと分かったのは後年、彼女が死んだときのことだった。それまで栄蔵は、妻という存在は、ただ、呪いを補強するだけのものだと思っていたのだ。

栄蔵の心を揺さぶったのは、定の存在である。

自分の血を分けた人間がこの世界にいるという不思議に、栄蔵は、深く、とりつかれた。定の存在はそれこそ、「鳴木戸栄蔵たること」の、何よりの証拠であったが、だからといって栄蔵は、腹の奥、毛穴という毛穴、つま先、体の隅々から溢れてくる愛情を、止めることが出来なかった。

子供という存在は、決して解けない呪術だ、と、栄蔵は後年語っている。

栄蔵は、終生定に取りつかれていた。結局そのとりつかれ方は、図らずも亡くなった多恵と同質のものだった。多恵のように、栄蔵にとっても、定が世界のすべてになった。61歳で、不慮の死を遂げるまで。

栄蔵は定を、自分の取材旅行に連れてゆくようになった。定は多恵が死んだ5歳のときから、栄蔵が死んだ12歳の歳《とし》まで、様々な国に行き、様々な経験をした。幼い定に、その環境を拒否する力はなかったし、そもそも定は、拒否しようとも思わなかった。定にとって、栄蔵との旅は、興奮に満ち満ちた、朗らかなものだった。

栄蔵は、飛行機の中でも、現地でも、定に特別何かを話すことはなかった。だが、栄蔵がしていること、言動のひとつひとつを、包み隠さず定にさらけだすこと、それを定が見ることが、ふたりのコミュニケーションだった。定は、まぢかでガーナの女子割礼《かつれい》を見、ニューギニアの成人の儀式に、男だと偽って参加し、喉の渇きに支配されながら、南米の原住民と雨乞いをした。

7歳のとき、定は忘れられない経験をした。

そのときのことは、栄蔵も文章にしている。この文章が、狭い世間を、少しくにぎわすことになり、同時に、世間と定の間に、あの透明で、だが強いガラスの壁を作るきっかけにも、なったのだった。

『R族（ここでは、あえて正式名を明かさない。どこかの「人道団体」を名乗った人間が、彼らを「更生」させるためにかの地におもむき、彼らの生活を破壊することを避けるためである）は、輪廻転生《りんねてんしょう》の観念を根強く持っている。だがそれは、我々の知るところの今生《こんじょう》、来生《らいしょう》というものではないようである。コミュニティの中で仲間が死亡すると、彼らは死体を焼く。「あの世」へ無事に着くための経文《きょうもん》も札も供《そな》えないし、「来世」で幸福に暮らすための高価な装身具も、食べ物もない。彼らは、裸になって焼けてゆく仲間を見守り、そして程よいところでその肉を削《そ》ぎ、口に含むのである。

現在では、ただ含むだけで、「食した」という真似《まね》ごとをのみするようであるが、昔は実際に咀嚼《そしゃく》し、胃に入れていたようだ。仲間の肉を自分の内に取り入れ、仲間と一体になって新しい生を生きるのである。死んだ仲間は、「来世」を待たずして、新しい生を手に入れ、つまりコミュニティの中には、決定的な「死」は存在しない。

私はこの習わしに、大いに感銘を受けた。それは「永遠の死」や「宗教倫理」に対する、静かな抵抗であり、今日を、明日を生きる、凶暴にして優雅な知恵である。

私たちが滞在中も、ある女性が亡くなった。

彼女はコミュニティの最高齢の女性の娘で、取材に行った我々の面倒を見てくれていた。まだ若かったが、病にかかったようであった。

彼女は死後、ならわし通り、櫓《やぐら》に組まれた木の上に寝かされ、じわじわと焼かれて行った。まだ顔が崩れる手前で、彼女の体は母親に削ぎ落とされ、コミュニティのそれぞれに、その肉片が渡った。

彼女の世話になっていた私にも、それは手渡された。黒く焦げていたが、滑《なめ》らかな褐色の皮膚は、間違いなく彼女のものだった。私はそれをさらに小さくちぎった。思いのほか簡単にちぎれた。そうして、そばにいた娘に渡した。娘は、時折彼女に手を引かれて、川に泳ぎにつれて行ってもらったり、野草を摘みに出かけたりし、彼女をある種母親のように慕っていたのだ。私が肉片を口に含むと、娘もそうした。

肉片は、ひどくにおった。形容できない匂いだったが、決して不快ではなかった。生き物そのものを口に入れている感じがした。コミュニティの皆、彼女の肉片を口に含み、彼女を味わい、彼女を体に取りこんだ。

彼女は皆の中に分散し、新しい生を得たのである。

私は含んだだけだったが、娘は咀嚼し、はっきりと飲みこんでいたようである。私はそのとき、娘の中に、彼女の生が何より強く入り込む様を、はっきり見たような気がした。授乳でも追いつかない、確かな生の受け渡しが、そこにあった。

彼女は優しい人だった。聡明《そうめい》で、美しかった。私の娘も、そうなるだろう。

そして思い出す限り、彼女の性器は、立派なアジア型であった。』

これを読んだ児童保護団体から、猛烈な抗議の声があがった。

わが娘に人肉を食わすとはなにごとか、しかも病気で死んだ人間の肉を。また、最後の一文から推《お》し量るに、鳴木戸栄蔵という輩《やから》は、自分の娘の性器を、仔細《しさい》に観察しているのではあるまいか。あまりの猛攻撃に、この書籍、『大河紀行』は発禁処分になった。それだけでは終わらず、定が学校を休んで栄蔵の取材に同行していることも、糾弾《きゅうだん》の的になった。定を栄蔵から引き離すべきだ、団体で保護する、という猛烈な抗議は、栄蔵が死ぬまで続いた。

定は一連のことを覚えているが、自分を取り巻く何もかもが、自分の意識の外で起こっているように思った。「人の肉を食べた子供」というレッテルはずっと続き、結局その不気味さが、皆を定から遠ざける原因にもなった。定は、徹底的に避けられ、存在を抹消《まっしょう》されるという10代を過ごしたのだった。

定は、肉の味を覚えている。

栄蔵は「不快ではなかった」と書いてあるが、それははっきりと、不快だった。何かの腐ったような、獰猛《どうもう》な匂いがした。噛《か》むと、抗議するように歯を跳ね返し、結局定は、ほとんど噛まずに飲みこんだ。

同行したカメラマンや編集者は、口に含むことも出来ず、挙句《あげく》に3日間ほど吐き続けたが、定は吐かなかった。

翌日、自分の便をまじまじと見て、定は不思議な思いがした。

優しかった、あの乳房の大きな女性が、このようなものになったのだろうか。

定は自分の指で便をかきまわし、彼女の痕跡を探した。だがそれは、堂々とした大便で、強烈な匂いを発して、ただじっと、そこにあるのだった。

死ぬとはどういうことだろう。定は思った。

母親が死んだときも、定は同じような思いに駆られた。

多恵の死は、とても静かだった。病室の白さ、窓の外に見えたプラタナスの木の、薄い緑の葉っぱの美しさ、定にとって母の死は、その美しさを体現したようだった。

あんなに白かった多恵は、腎臓病の悪化のため、薄黒く変色し、むくんでいた。腕に繋《つな》がったチューブの先では、透明の液体が、ぽた、ぽた、と、時間を刻むように落ちていた。

定は母の死を、幼稚園の教室で知った。5月。皆でこいのぼりを作っているときだった。定は、好きな色に塗ったうろこを、はさみで切っているところだったが、ふと、あ、今、死んだ、と思った。

何か特別なことが起こったわけではない。指を切ったのでも、心臓がどきん、と高鳴ったのでもない。だが定は、はっきりと、母親の死を経験したのだった。

悦子が泣きながら定を迎えに来たときには、定は、きちんと身なりを整え、靴を履いて、下駄箱の前で悦子を待っていた。悦子の見えない目からは、涙は流れていなかったが、だらだらと涙を流している右目より、悲しんでいるように見えた。

病室では、顔に白い布をかけられて、多恵が横たわっていた。悦子や祖父が何か言う前に、定はまっすぐ多恵のところまで歩き、布を取った。ああ、と、親戚の誰かが声をあげたが、定は、多恵以外を見なかった。

多恵は、本当に死んでいた。

眠っているみたいでしょう、と、誰かが言ったが、定はそうは思わなかった。ベッドに横たわっているのは、母の死そのものだった。

定は不思議だった。これが母の「死」なら、では母は、どこに行ったのだろう。

自分はこの母から、乳を飲んだのだ。何度も、何度も。

「定。」

誰かが声をかけたが、定は聞かず、母の顔を触った。タオルで目隠しがしたかった。目隠しをして、母の顔を、散々弄びたかった。

顔の凹凸《おうとつ》は、はっきりと人間の、母のものだった。そしてこれは、母の「死」だった。

葬式のときも、その後の生活でも、定は泣かなかった。感情を見せない定を、親戚の皆が心配したが、悦子も、栄蔵も、定はこれでいいのだ、これが定の悼《いた》み方なのだと、取り合わなかった。

定はずっと、母の行方について考えていた。大きな窯《かま》から出て来た母の白い骨は、骨以外の何ものでもなく、ただ白く、そこに散在していた。それらを箸でつまみ、皆で分け合い、壺《つぼ》に入れる行為は、なんと奇妙なことだったろう。

栄蔵が、多恵の骨をひとつ、口に含むのを定は見た。そのとき、足の内側を、さー、と、僅かな甘やかさが撫でた。それは初めて目隠しをしたときの、性的な興奮と似ていた。

周囲にいる人間は、栄蔵を化け物でも見るような目で見たが、定はそのとき初めて、父は母を愛しているのだ、と思った。幼い定が、男女の性愛に触れた、初めての経験だった。

定はそれから半年間、一言も口をきかなかった。

親戚や祖父は、定を栄蔵の下に置いておくのを嫌がったが、定が決して、栄蔵から離れようとしなかった。半年後、栄蔵が定をニューギニアに連れて行ったとき、定は半年ぶりに、言葉を発した。

「おなかがすいた。」

自分の声の、あまりの生々しさに、生命の匂いに、定は驚いた。そのとき定は、死んだ母は、何も話さなかった、と、当たり前のことを思った。

それから定は、人の死に出逢《であ》うたびに、母と、焼かれていた女の死を思うようになった。


「鳴木戸さんって、人肉食った人?」

守口廃尊の、最初の一言はそれであった。

新宿の、とある喫茶店、守口は擦《す》り切れて薄くなったジーンズをはき、背中に大きなネイティブアメリカンが刺繡《ししゆう》されたTシャツを着ていた。スー族だ、と、定は思った。

「おいら好きなんだよう、鳴木戸栄蔵。『大河紀行』も、初版持ってんだ。」

守口の口から、父の名前が出たことに、定は驚いた。思いがけない場所で、死んだ父と再会したような気分だった。

「なあ、食ったの?」

この手の質問をされるとき、定は、「どうやら食べたようです」と、伝え聞いたように答えることにしている。本当は、肉の味、舌触り、胃に落ちて行ったさまを、ありありと覚えているのだが、

「食べました」と、はっきり答えたときの、質問者の強烈な嫌悪の顔や恐怖、気まずさを、何度か経験してからは、記憶にないことにしているのだ。

定は、面接のときから、社内の有名人だった。鳴木戸栄蔵の娘であるというだけでなく、「あの、人肉を食べた女」だったからだ。定をおおっている透明のガラスは、小学校を卒業しても、社会人になっても、決してなくならなかった。

「食べました。」

定は、守口を前にして、はっきりとそう答えた。同席していた若鍋が、嫌な顔をしたのだが、定は気付かなかったし、守口もかまわなかった。久しぶりに、正直に答えたことで、定はどこか、清々《すがすが》しい気持ちを味わった。

守口は、コーヒーに、砂糖とミルクを驚くほど入れた。熱いのもかまわず、ごくごくと飲みほし、そして、すぐに次の1杯を頼んだ。

「どんな味?」

守口の顔は、写真で見るよりも、迫力があった。写真の守口も、定を驚かすのに十分だったが、今、目の前にいる守口は、その驚きをゆうに越す、奇妙な顔をしていた。

定は、投げやりになってパーツを置いた福笑いを、思い出した。「ここにあるべき」場所から、ことごとく外れた、目を、鼻を、口を、眉毛を。

「味、ですか。やはり、匂いました。」

「臭いだろうなあ。」

うか。


「ええ。」

「うんこみたいな?」

「いいえ、なんといいますか、脂身が腐ったような。」

「じゃあおいら大丈夫だなあ、食えるなあ。」

守口は、お代わりのコーヒーも、ごくごくと飲んでしまった。彼の喉は、どうなっているのだろうか。

「破門された後、金ねぇからよう、ゴミ箱あさって飯食ったこともよくあったんだぁ。腐ってんのもあったけどよう。ピザとか、けっこううまかったよ、うん。新日入ってからは、よく食わせてもらったよ、練習はきつかったけどよう、食いもんに関しては、天国だったよ。俺、一時期、猪木《いのき》さんの付き人やってたんだから。二人体制だったけどよう、すげぇだろ。猪木さんはよく食わしてくれたよ。地方なんか行くとよ、後援会の飲み会続きなんだよ、毎日宴会。猪木さんはあんまり飲みたくないからよう、俺らに飲ますんだよ。つっても、酔っちゃだめなんだ。食ったなぁ、あんときは食った。それもうめぇもんばっかり。アメリカんときなんて、ろくなもん食わなかったよ。普通メキシコ行ったら、飯が体にあわねぇから下痢したりして、体が小さくなるんだ。島流しって言われててよう、でも、アメリカ行く奴《やつ》は体大きくして帰らなきゃいけねぇんだ。なのに、おいら痩《や》せちゃった。食いてぇもんがないんだよ。パンの国だろアメリカってのは、だのにパンがまずいんだから、おかしいよ。ピザはうまかったよ、でもよう、ピザってイタリアの食いもんだろ、だめだよアメリカ人は。飯をうまく作るって努力をしねぇんだ。」

「守口さんは、アメリカに武者修行に行かれていたのですね。」

「蝶野と武藤と橋本もだよ。あいつらだけ猪木さんに呼ばれて先帰っちゃった。おいらが知らない間によう、闘魂三銃士とか言ってよう。おいらその頃、まずいパン食ってたんだよ。パンまずかったなぁパサパサしてよう。」

「でも、ピザは美味しかったのですね。」

「うん。なあじゃあ人肉って、腐ったピザって感じ？　ほらチーズが腐ったのって、体臭すげぇ奴が、そうだよな。たまにいるんだよ、臭ぇ臭ぇの、イタリア系とかアラブ系の奴は臭かったなぁ。もう、そういう奴と組むの嫌だったよう。ヘッドロックとかされたら、気ぃ失いそうになるんだよ、臭くて。あれ、わざと体洗ってこねぇ奴とかいたんじゃねぇかなぁ。その点、猪木さんは、さっぱりしてたなぁ、どんだけ汗かいても、臭くねぇんだよ。あれ死ぬほどトレーニングしてるからかなぁ、血とか汗が綺麗なんだよなぁ。なあ、人肉って、どんな味？」

「腐ったピザは、ええ、かなり近いかもしれません。私は申し訳ありませんが、腐ったピザを食したことがありませんので、はっきりと言いかねますが。」

「腐ったピザ食べたことないのかよう。」

「ええ。申し訳ありません。腐ったピザを食べたことがなくて。」

「じゃあ何、何腐ったやつ食べた？」

「腐ったものですか……そうですね、腐ったといいますか、発酵させた肉は食べたことがあります。たしか10歳のとき、中国の浙江《せっこう》省でだったと思いますが。」

「発酵か、発酵かぁ。それは臭ぇだろうなぁ、肉を発酵させるんじゃよう。臭ぇだろうなぁ。でも、あれだろ、人肉って、それより臭いんだろ？　なあ？」

「そうですね。記憶している限りでは。」

「やっぱりな、やっぱりなぁ。じゃあ、体臭すげぇ奴なんて、あれだ、死んだら、どえらい臭いんだろうな、臭いんだろうなぁ。」

「9歳のとき、鳥葬《ちょうそう》を見たことがありますが、鳥は、赤ん坊や子供の、柔らかい肉から食べていました。それが匂いと関係があるかはわかりかねますが。」

「いやあるだろう、あるだろうよ。大人の肉は臭ぇんだよ、絶対臭ぇんだよ。たけぇレストラン行ったら子牛のなんとかとか、子ヒツジのなんとかとか勿体《もったい》ぶって言うじゃねぇか、そりゃ子供のほうがうめぇんだよ。血が綺麗だろうしよう、大人は汚ぇよ、脂肪もぶよぶよして、そりゃうまくねぇよ。食ったのは女？」

「ええ、女性でした。」

「男と女じゃ、また味も違うだろうなあ。そりゃ女のほうがうめぇよなぁ。男は臭ぇよ、大人の男なんて最悪だよ、食ってうめぇのは全盛期の猪木さんくらいだろうよ。そりゃ血が綺麗なほうがいいよ。昔妊娠した豚の子宮食ったことあったなぁ。セキフェっつうんだよ、生で食うんだよ。セキっつうのは胎児って意味なんだ、解体した豚ん中に、たまに妊娠したのがいるんだよ。なんとかって作家も書いてたろ、セキフェのこと、ほら、この世で一番うまいって。子宮をな、綺麗に取り出して、ああ、もちろん、新鮮なやつに決まってんだ、それをミキサにかけるんだよ、軽くな、かるーく。どんぶりばちにいれて、すするんだ、血ごと、ありゃあうまかったなぁ。混ぜが甘いから、目ん玉とか、よくわかんねぇもんが、たまにずるって口ん中入ってくるんだ。ありゃあうまかった。血が綺麗なんだよ。精力剤だっつってよ。精力剤ったって、そんじょそこらのもんじゃねぇんだ、うつぶせで寝れねっつんだから。気分かもしれねぇけどよう、俺ももう、痛いくらいにギンギンになったよ。そんな日に限って女に会いたくないんだ、なんでだろうなぁあらあ、女の穴に入れたくて入れたくて仕方ないのに、女に会いたくないいんだ。おいら50回くらいセンズリこいたぜ、もう最後のほうはひりひりして、痛いんだよ、でもたっちまうんだ、セキフェ、すげぇぞセキフェ。」

「センズリとは、肉の種類のことでしょうか。」

「なんだよお前大学出てんだろ、オナニーだよオナニー。」

「自慰《じい》のことを、センズリと。」

「痛いんだよ、ちんこがもう、ひりひりするんだよう。」

「摩擦《まさつ》ですね。」

守口廃尊は、くねくねと体をくねらせた。当時を思い出し、局部が痛みだしたのか、膝の間に首をすっぽりとおさめてしまった。その体の柔らかさに、定は驚いた。

「あ、あの、鳴木戸さんは、文芸の編集者の中でも、優秀だって評判なんですよ。」

若鍋が言った。

若鍋は昨晩、家に帰っていないようだった。黒いスエットの肩に、フケがぱらぱらと落ちている。タリンで見た雪のようだ、と、定は思った。

「優秀って、どんな風に。」

守口は、顔をあげなかった。膝の間から、くぐもった声で問うてきた。

「どんなって……。」

確かに、優秀な編集者とは定義が難しい。売れる本を作ればいいのか、それとも、作家に賞を取らせれば優秀なのか。スポーツのように、勝敗が明確ではないぶん、何をもって優秀とするのかは、判然としないのだ。

「僕も、聞いただけなんで……。」

若鍋は、オレンジジュースをひと息で飲んだ。

「そういえば。」

守口は、急に頭をあげた。先ほどまでの守口を知っているのに、なんて大きな、と、定は改めて、目を瞠る思いだった。

「鳴木戸栄蔵の、おまんこの区分分け、あれは面白かったなぁ。面白かった。いってもよう、明るいところでするわけじゃねぇし、そもそも女が恥ずかしがって、じっと見せてくれねぇだろ？　よくわかんねんだけど、確かに女によって形は違うんだよ。入れてりゃ分かる。それがさ、大体みっつくらいに大別出来るんだよな、ありゃ合ってるよう。」

「そうですか、父も喜びます。死んでいますが。」

「鳴木戸栄蔵って、鰐《わに》に食われて死んだっての、ほんと？」

「食われた、というのは正確ではありません。鰐に食いつかれて、体の半分をちぎられてしまって、外傷性ショック死のようです。なので、半分本当、といったところでしょうか。」

「ほんとう。それ、見た?」

「父が鰐に食いつかれるところですか。」

「うん。」

「ええ。見ました。」

「どんな感じ?」

「そうですね、まず、父は驚いていましたね。鰐を見にゆくのではなくて、メルクルという珍しい魚がいるということで取材に行っていたのです。メルクール、とも、メルヴルともいうんですが、一般的にはメルクルで通っていますね。その地方では、死者を川に流すのですが、メルクルは、その目玉だけを食べるのだそうです。体はグレーなんですが、腹だけがピンクなんです。時々跳ねます。そのときだけ、ピンク色がちらりと見えるのですが、水面にピンク色が見えた、と、父が船の舳先《へさき》から身を乗り出していたところに、急に鰐が飛び出してきました。とても大きな鰐で、今思うと、目が充血していたので、その目をピンク色のメルクルの腹と見間違えたのではないでしょうか。」

「それで、それで、どこ食いつかれたの。」

「左上半分、という感じですね。左の頬から、肩、腕、を。」

「鰐の口はでっけぇものなぁ。」

「そうですね。子供のいる母鰐だったようです。」

「そりゃぁ食らいつくわなぁ、食らいつくわなぁ。」

「ええ、食らいついていました。父はそのまま、いったん川に落ちたのですが、スタッフの皆さんが鰐を撃って。」

「鉄砲かい？」

「オートマチック・ライフルです。」

「死んだのかい？」

「いえ、体を撃たれて、そのまま潜って逃げましたが、でも、長くは生きなかったでしょうね。」

「そうかぁ、かわいそうに。子供もいたろうになぁ。」

「ええ、かわいそうなことをしました。」

「……ちょっと失礼します。」

若鍋がそう言って、席を立った。それがきっかけで、守口も定も、黙った。

平日午後の喫茶店は、人もまばらだ。ふたつ向こうの席に座っている、四人組の初老の女性たちが、倒さないようにね、と励まし合いながらケーキを食べ、窓際の坊主頭の男は、溶けた氷を口に入れ、ぽん、とグラスに戻している。のどかだった。

守口は、運ばれてきた3杯目のコーヒーに、また、砂糖とミルクをたくさん入れた。スプーンでかき混ぜながら、むーん、とうなる。あとはずっと、黙っている。

定は、この沈黙を破るべきかと考えた。だが、自分の目の前に、守口の、「あの」顔があるのだと思うと、わくわくして、何も言えなかった。ちら、ちら、と、守口を盗み見、機会を窺《うかが》うのだが、結局は、この沈黙を上塗りするだけで、時間が過ぎていくのだった。

「申し訳ありません。」

戻って来た若鍋は、ますます顔色が悪くなっていた。顔を洗ったのだろうか、水滴が頰についたままである。

「そういえば、あんた、プロレス知ってんの。」

守口は、若鍋が戻ってくると、途端に話し出した。熱いコーヒーをまた、一気に飲みながら、定を見るのだが、下がったほうの左目は、空のコーヒーカップを見つめたままだ。黒目が少しも動かないのも、怪我《けが》の影響だろうか。

「申し訳ありません。今まで拝見したことがございません。ですが、これから見ようと思います。」

「ああ、ああ、いいよ。いいよう、だめだよ見ちゃ。若い頃に見なかったら、もうだめだよ、一生好きにはなんねぇよ。」

「そうなのですか。」

「そうだよ。音楽とおんなじ。若い頃に見ねぇと入ってこないもんなんだ。大人の頭は、理解しようとするだけで、体感しねぇから。」

「でもプロレス会場って、ほとんど年配の方ですよね。」

若鍋がそう言うと、守口は今度は、面倒くさそうに若鍋を見た。やはり、左目は動かなかった。

定は、悦子の顔を思い出した。守口の顔に、悦子の顔をあてはめてみようとこころみたが、守口の顔の印象が強すぎて、出来なかった。こんなことは、初めてだった。

「あれはよう、プロレス見てた頃の自分に戻ってんだよ。自分でも気付かず、10代とか、もっとちっせぇ頃の、プロレス見て興奮してた自分の脳みそに、いや脳みそじゃねぇな、考えねぇから。体だ。昔の体に、戻ってんだよう。」

「郷愁ですねぇ。」

守口は、ぎろりと若鍋を睨んだ。ひるむことのない定でも、その視線の強烈さには、ぎくりとさせられた。

守口の右目は、怒った人間のそれというよりは、狙いを定めた鷲《わし》だった。そのくせ左目は、ぼんやりとして、まるで右目の怒りを傍観《ぼうかん》しているようだった。守口の顔は、それぞれのパーツが、それぞれの意思をはっきりと持っている。幼い頃に思ったことを、定は今、改めて体験しているのだった。

「ワタナベっつったよな。お前はよう、なんでも名前をつけて話を終わらそうとするなぁ。そらだめだよ。」

「若鍋です。」

「郷愁って言っちまったら、もう、それは郷愁だ、て決まっちまうんだよ。呪いだよ、呪い。お前がワタナベって名前つけられんのと同じなんだよう。ワタナベ以外の何ものでもなくなっちまう呪いだよ。呪い。」

「若鍋です。」

「もっとこう、モヤモヤとした、言葉にできないものがあるんだ。脳みそが決めたもんじゃない、体が、体だけが知ってるよう、言葉っちゅう呪いにかからないもんがあるんだよ、て、ああ、『言葉にできない』も、言葉なもんだから、ああ、もう、嫌んなるなぁ。嫌だあ。」

守口は、両手で頭をぐしゃぐしゃとかきむしった。甲は傷だらけで、ふしが目立ち、まるで老木のようだった。

「かわいそうにって言ったよな、おいらさっき。かわいそうって言葉で合ってるのかなぁ。わかんねぇなぁ。言葉ってもっとなんとかなんねぇのかよう。脳みそ使いたくねぇよう、考えるのは嫌だ、嫌だなぁ。」

顔にばかり気を取られていたが、その手を見て、定は、守口が中年と呼ばれる年齢なのだということを、思い出した。

「厄介《やっかい》だったでしょ。」

若鍋と連れだって歩きながら、定は会社に戻る途中である。

「あの人、よく、ああやって自分でドツボにはまって、おかしくなるんですよね。」

守口は結局、嫌だ嫌だと言いながら、帰ってしまった。若鍋が引きとめたのだが、守口はまたあの一瞥《いちべつ》をくれ、結局若鍋は、立ちあがった自分を、もてあますだけだった。

今日は、若鍋から担当を引き継いで、今後のスケジュールを決める場でもあったのだが、うやむやになってしまった。

「長年ヘッドバッドし続けたら、人間おかしくなるんですよ、きっと。」

「ヘッドバッドとは。」

「頭突きですよ、相手に頭突きするんです。守口さん、コーナー登って頭から飛んだりしてたから、何度も。もう、おかしくなっちゃってるんですよ。」

コーナーとは何か、理解出来なかったが聞かなかった。聞き続けていたら、若鍋に悪いと思ったからだ。とにかくあの様子では、しばらく連絡を取るのも難しいだろう、と、定でも思った。

「連載は、大丈夫なのでしょうか。」

「ああ、あの人、結局真面目で小心者だから、原稿だけは送ってくるんすよ。なんですかねー、人と会うのがあんな嫌なら、プロレスなんてやめればいいのに。ほとんど裸で体当たりするわけでしょ。人間嫌いなら、絶対に無理ですよ。」

大きな体を折り曲げるようにして歩いていった守口の後ろ姿は、親に叱られるのを怖がっている、子供のようだった。

「若鍋さんは、守口さんの試合を見に行かれたことはありますか。」

「ありますよ、前の担当に連れられて、一回だけですけどね。」

「どうでしたか。」

「あの年の割には、飛んだり、けっこう無茶するかんじですね。D・O・Tっていう団体自体が、すごく過激なんで。見てられない、ていうか。」

「そうなんですか。」

「リングでは別人なんだよなぁ。」

「どんな風に、ですか。」

「いや、なんつったらいいんだろ。頭おかしいっていうか、いや、普段も頭おかしいんだけど、あんな風に内側に向くんじゃなくて、完全に外に向く感じですね。狂気っていうんですかね。」

「きょうき。」

「こんなこと言ったら、また怒られるんでしょうね、一言で終わらすな、て。訳わかんないなぁ、もう。まあ、いっても年ですし、全盛期の頃よりは、だいぶ丸くなったみたいですけどね。昔の試合は本当にすごかったみたいですよ。対戦相手殺してもおかしくないし、自分が死んでもおかしくない、みたいな。」

「殺したことはないのですか。」

「え。」

「守口さんが、相手を殺したことはないのでしょうか。」

「……や、ないでしょ。」

「そうですか。」

定は、守口の右目を思い出していた。

あの目をした人間になら、殺されてもいいと思う人間も、いるのではなかろうか。死ぬ間際、その人間は、ぼんやりと優しい左目を見るのだろう。そして、驚きのうちに死ぬのだろう。

「……あの、鳴木戸さん。」

若鍋は、急にちいさな声になった。

「鳴木戸さんが、人の肉食べたっていうのは、本当だったんですね。」

定が、まっすぐ若鍋を見ると、若鍋はぎく、という顔をして、目を逸《そ》らした。定は、その目を若鍋の顔からはずし、掌《てのひら》に握った。掌は、じっとりと汗をかいていた。

「本当です。」

若鍋の目を、口に入れようかと思ったが、やめた。そのかわり定は、「嫌だよう」とうめいていた守口の、大きく位置のずれた左目を、ゆっくりと思い出した。


その日は、仕事が随分早くに終わった。

他の編集部員に、何か手伝うことはないか聞いたが、皆ないと言うので、定は7時には会社を出ることが出来た。作家との飲み会以外で、こんなに早く退社出来るのは、久しぶりのことである。といって、定には特別することもない。寄るべき場所もないし、会うべき人もいない。まっすぐ家に帰るだけだ。

定は今、会社と同じ路線沿いの駅に住んでいる。2DKのマンションである。

父が死んで数年経ってから、親戚が世田谷の家を売った。相続税や固定資産税が高額なうえ、あんな大きな家に定と悦子だけで暮らすのは不用心だから、ということだった。

定に異論はなかったが、父の戦利品が並べられたあの部屋がなくなることだけは、辛かった。木の根や、何かの皮膚や、ごわごわとした生き物の毛の匂いは、定が長年慣れ親しみ、慈《いつく》しんできたものだった。定には必要なものだった。

定は悦子に、部屋のものをどこかに取っておいてくれるように頼んだ。中学生になっていた定は、親戚たちが、あれらを気味悪がって、早々に処分するだろうことは分かっていたのだ。

定は、栄蔵の妹の家に預けられた。

悦子が、引き続き叔母宅に通うことを許されたのは、定にとって幸いだった。表向きは定の世話係、ということであったが、叔母や親戚も、定の無表情さ、不可解さを恐れており、定の扱いに慣れている悦子に頼ったというのが、本音だった。

80を過ぎた今でも、悦子はたびたび、定の家を訪ねてくる。見えていた右目にも病はおよび、今は白杖《はくじょう》に頼る生活だが、悦子は元気だ。定は悦子に、家の鍵を渡し、悦子は定の部屋を掃除したり、こまごまとした惣菜《そうざい》を作って、冷凍したりする。

悦子は定を、自分の孫のように思っているようだし、管理人も、悦子のことを定の祖母だと信じているようだった。定は今も、悦子のことを、テーと呼ぶ。

玄関の鍵を開けると、むっとした匂いに包まれた。「あの」匂いだ。

今、定の家は、かつての栄蔵の書斎のような有様になっている。

悦子は、栄蔵の遺品を、長らくトランクルームに預けてくれていた。18になって、叔母の家を出た定は、悦子から鍵を受け取り、少しずつ、中のものを自分の家に運び込んだのだった。悦子が手伝ってくれるときもあったが、大概は、ひとりでやった。

その作業は、父に対する、ささやかな弔《とむら》いのようだった。

葬式でも、墓参りをしても、父の死をはっきりと自覚することがなかった定だったが、アルマジロの剝製や、アフリカツメガエルのホルマリン漬けや、何よりたくさんあった仮面をうやうやしく運ぶとき、父のことを思った。まるで、父の遺骨を運んでいるような気持ちだった。

栄蔵は、鰐に食いつかれて死んだアマゾンで、そのまま焼かれ、葬られた。

メルクルに目玉を食べられたほうがいいというので、目玉だけはくりぬいて、先に川に投げた。投げた途端、待っていたように川面が波打ち、父が見たがっていたメルクルが姿を現した。とても綺麗な魚だった。

集落の人たちは、これであんたの父親は天国に行ける、と言った。メルクルは、死者の目となり、死者を天国まで導く魚だと言われていたのだ。

残った遺体は、定が頼んで、途中で肉を削げるようにしてもらった。

突然の死であったため、栄蔵は遺書を書いていなかった。これが栄蔵の望むことなのかは分からなかったが、目の前で食い殺された父を見た娘がすることに、誰も文句は言えなかった。

父の肉は、やはり、ひどく臭った。

皆がおののく中、定はそれをゆっくりと咀嚼し、飲みこんだ。父の肉は、以前食べた女性のそれより臭く、舌をびりびりと刺激した。嚙むと歯を跳ね返し、なかなか嚙み切れないので、定はやはり、ほとんど嚙まずに飲み込んだ。父は定の食道の途中で止まり、しばらく定を苦しい思いにさせたが、やがて、ゆっくりと胃に落ちていった。定の口腔《こうこう》は、数日臭った。

焼かれた肉や骨は、川に撒《ま》いた。栄蔵の肉は、少し黄みがかった赤で、ずしりと重かった。

定は、この肉が、ライフルで撃たれた鰐の子供に渡ればいい、と思った。栄蔵はいなかったが、もしここにいれば、それがいいと、同調してくれるように思った。

日本に帰って来てから、栄蔵の遺体なき葬儀が行われた。

定が驚くほどの数の人間が参列した。出版社の人間や、著名な作家、祖父の知り合いだろうか、政治家もいた。棺《ひつぎ》には遺体がなく、白い百合《ゆり》が一面に敷き詰められていたが、そこにある、圧倒的な死の代わりには、ならなかった。

定は泣かなかった。

定のかわりに、悦子が泣いていたが、やはり左目からは、涙が出ていなかった。定は葬式の間、その左目ばかりを見つめていた。


2DKの1部屋は、栄蔵の遺品で埋め尽くされている。

壁一面に棚を取り付け、窓は板で覆った。引き戸を閉め、電気を消すと、その部屋はたちまち、あの部屋になる。強い匂いは消えない。暗闇の中、自分の体の輪郭だけが、はっきりと浮かぶ、あの部屋である。

栄蔵の遺品のほか、定が実家から持ってきたのは、大量の福笑いと、多恵の写真だった。

福笑いは、定が作ったもの、多恵が作ったものを合わせると、100を超していた。そのどれも、定は、はっきりと記憶していた。今でも、目、鼻、口、眉毛を、正確に置くことが出来る。もちろん、目隠しをしたままで。

写真の中の多恵は、若く、美しい。多恵を見ると、定の鼻孔《びこう》には、すみやかに、多恵の、甘く、生き物くさい乳の匂いが現れる。涎《よだれ》が出る。

冷蔵庫を開けると、ヨーグルトや野菜ジュース、たくさんの果物が入っていた。悦子が来たのだろう。コンロに置いてある鍋の蓋を開けると、かぼちゃが煮てあり、その隣には茄子《なす》の味噌汁《みそしる》、俵型にむすんだおにぎりも置いてある。

定が早く帰ることを分かっていたのだろうか。悦子の「能力」は、一向に衰えていないようだ。テーブルには、『ぜったいにあたためてたべること』というメモが置いてあった。定が、何を食べるにも、冷たいままで口に入れてしまうことを、悦子は言っているのだ。

コンロの火は青く、ほのかだ。

6月の頭、空気はねっとりと湿り気を帯び、少し台所に立つだけで、汗が出る。定は、自分の顔に触れてみた。汗で湿った皮膚はすべらかだ。編集部の女性に、

「鳴木戸さんって、毛穴がない！」

そう、驚かれたことがある。

「やっぱりロボットなの!?」

特別に何かをしているわけではない。妙齢の女性がするように、風呂上がりに化粧水をはたくこともしないし、ボディクリームで体をマッサージするというようなこともない。頭から足の先まで、同じ石鹸《せっけん》で洗っているのだが、その石鹸だけは、父が幼い頃買って来たものを、自分でも取り寄せて、ずっと使い続けている。ネパールで作られている、ヤクのミルクの石鹸である。独特の匂いが

するが、大げさに泡立たないところが、定は好きだ。

定の体には、たくさんの墨が入っている。

定は18から、就職する23歳までの間、様々な国を、ひとりで放浪した。

きっかけは、15歳の夏の終わりのことだった。定はテレビで、旅客機が大きなビルに突っ込んでゆく映像を、見たのだった。

初めは、何かの映画だと思った。だがすぐに、これが「現実」に起こっていることだと気付いた。気付いたが、理解することは出来なかった。あんなにたくさんの人が同時に死ぬ瞬間を、定は初めて見た。定だけではない。恐らく世界中の人が、そうだった。

斜めに滑空して突っ込んできたもう一機、白煙を上げて崩れ落ちるビル、理解するにはあと数百年かかりそうな出来事を見ながら、結局定の心をとらえたのは、画面に映った、逃げまどう皆の顔だった。

場所は、ニューヨークであるらしい。褐色の肌の男、頭にターバンを巻いた男、ほとんど白に近いブロンドの髪の女に、多恵に似た顔の若い女。様々な人種の、様々な顔が、そこにあった。

定は、ほとんど画面にかじりつくようにして、「人」を見た。旅客機がビルにつっこんでゆく映像は、朝まで何度も何度も流れたため、いつしか定は、画面に映っている顔、顔、顔が、たった今死んでいった人達のそれだと、思うようになってしまった。

定は、もっとたくさんの国の、たくさんの人の顔が見たい、と思った。

アングロサクソンの青い目を、イタリア系の高い鷲鼻《わしばな》を、赤道直下で暮らす人々の、厚い唇を見たかった。

何が彼らを、「彼ら」たらしめているのか。言語以外に、自分が彼らとどう違うのか。その違いが、あのように理解しがたい「現実」を生む理由は、何なのか。

定は自分の目で見たかった。早く見ないと、彼らが死んでしまうと思った。

定は、高校生活のほぼ3年間を、彼らの顔を想像し、それらで「遊ぶ」ことに費やした。情熱は尽きなかった。その情熱のままに、高校を卒業すると同時に、日本を離れた。

悦子以外に、報告する人間はいなかった。定はとても身軽だったのだ。若かった頃の栄蔵のように。

定は、旅先ですれ違う人間の、顔を、見て、見て、見続けた。

そして、彼らのパーツを、彼らからやすやすと取り上げ、掌で、舌で、慈しんだ。

モスクワで会った少女の、灰色の大きな目を持ちかえり、内モンゴルの草原に住む少年の、針のように細い目と取り替えた。ハバナで見た老人の木細工のような鼻を、ザグレブで給仕してくれた男性の、鷲のような鼻と取り替えた。ポートモレスビーのガイドの厚い唇は、香港の露天商の男の歪んだ唇と替え、アムステルダムのタトゥー職人女性のアーチ型の眉を、モントリオールの漁師の立派なそれと替えた。

どれほど長い旅をしても、飛行機を乗り継ぎ、船に乗り、世界の反対側へ行ったとしても、それらは、必ず持ち主の顔へ帰って行った。あるものはひらひらと蝶のように、あるものは弾丸のようにまっすぐ。パーツを取り替えられたままの顔でいる人間は、いなかった。

パスポートに押された判子が、20カ国目、自分の年齢になったとき、定はバグダッドの空港にいた。ラマダンの時期だったが、治外法権である空港の中では、男たちが悠々と煙草をふかし、甘い紅茶を飲んでいた。

定はそのとき、ラウンジで薄いコーヒーを飲んでいた。長いローブをまとった男たちを、ぼんやりと見ているとき、突然、その匂いに気付いた。

クミンシードを炒《いた》めたような、生々しく、刺激的な匂いである。

それは、空港にたむろする男たちのものだった。ラマダンを耐える男たちの体から、どうしようもなく溢れだしてくる匂いだった。

定は、その匂いで、多恵の乳の甘い匂いや、栄蔵の部屋の、むっとする「あの」匂いを、そして、焼かれた女性の肉、鰐に食われた父の肉の匂いを、思い出した。

人間はにおうのだ。どうしようもなく。

定は今までの旅を思い出した。様々な「彼ら」の顔で生きていた「彼ら」は、そういえばそれぞれに「彼ら」の匂いを発していた。定は無意識でそれを嗅ぎ、もしかしたら彼らも無意識で、定の「それ」を嗅いでいたのかもしれなかった。

定は、つかれたように、自分の肌の匂いを嗅いだ。二の腕の内側を、太ももの、膝小僧の、足の裏の匂いを嗅いだ。

急に、自分はひとりだと思った。バグダッドの空港で、自分は、この体で、圧倒的に、「ひとり」なのだと思った。

定は、男性はおろか、誰とも肌を触れ合わせたことがなかった。唇で触れた多恵の乳首は固く、口に入れた栄蔵の肉は、ひどくにおった。はっきりと覚えていた。だが定は、それ以外の皮膚を知らなかった。そして、定の皮膚を知っている者も、今、誰もいないのだった。

定は自分の皮膚に触り、匂いを嗅ぎ、舐めた。これが、他の人のものではない、自分の皮膚であることを納得するのに、散々の時間をかけた。飛行機に乗っても、トイレで鏡を見ても、定は「自分」を感じることに、ほとんど命をかけた。

ある日、バンコクのパッポン通りを歩いていて、タトゥーの看板を見つけた。看板の下には、たくさんの入れ墨の写真が飾られていた。それはくっきりとした陰影を描いて、「誰か」の皮膚を彩っていた。

気が付いたら、定はその店の中に足を踏み入れていた。

そこで、左肩に大きなトライバル模様を入れた。店先に飾られている写真を見て、気に入ったのでそれにしたのだ。特別意味はない。左肩を覆うように、黒い模様が渦をなした。

墨を入れ終わると、今まで感じたことのない安堵が、定を包んだ。自分の左肩が、自分の意思とは関係なく、きちんとここに収まっていることに、胸をつかれた。

それから定は、行く先々で、タトゥーの看板を見つけると店に入り、墨をほどこした。

右の肩には、アムステルダムで緑色のハチドリを入れ、左の腰には、コペンハーゲンでコモドオオトカゲを入れた。右の腰には、プノンペンで群生する黄色いマリゴールドを、背中には、サンフランシスコでバオバブの木を入れた。右の尻にはマカオで夜光貝を、左の尻にはビエンチャンでアンスリュームの花を。腹には大きな白鯨を、胸と胸の間には羽を広げたオニヤンマを。左の太ももには跳ねあがるアフリカツメガエルを、右の太ももにはこちらを見つめる大きなヤクを。

こうして旅が終わったとき、定の体は、様々な色や造形で覆われていた。

定は自分の体を、繰り返し鏡に映し、「それ」が自分のものであることを確かめた。絵をなぞるとき、自分の肌を針が削っていった痛みを思い出したが、それは間違いなく、定のものだった。小さな頃、栄蔵の書斎の闇の中で、今ここにある自分を知っているのは自分だけなのだと、深い官能に浸っていたときと、それは同質のものだった。

悦子は、その頃にはほとんど両目の視力を失っていた。そのため、定の体の様々な模様には気付かなかったし、そもそも定は、悦子の前でも、誰の前でも服を脱ごうとしなかった。唯一の人を除いて。

その人は、定の担当作家である。水森康人《みずもりやすと》という男性で、今年91歳になる。

切れ長の濁った目と、綺麗な鷲鼻、薄い唇の老人で、頭が綺麗にはげあがっていたが、対照的に、眉毛はふさふさと濃かった。定は、よくその眉毛を鼻の下に持って来て、髭にして遊んだ。水森康人は、理想的な福笑いの土台を持っていたのだった。

水森は、文学賞を数々受賞した高名な作家だったが、選考委員の依頼をのきなみ断り、文壇のパーティなどには、一切顔を出さなかった。何が気に入らないのか、急に編集部に電話をかけてきて、担当編集者の実家を燃やすと言い、些細《ささい》なことで他作家を殴った。

水森が何かする度に、水森の妻であるヨシが、わざわざ編集部に謝りにくるのも、いつものことだった。ヨシは、水森より12歳年下の79歳。目を奪われる純白の頭をして、大抵黒いワンピースを着ている。彫りの深い、美しい顔立ちだった。目や鼻、口、眉毛、そして細かい傷のような皺までもが、「あるべき場所」に、収まっていた。

小柄なヨシが、床につきそうなほど頭を下げる姿を、定は何度も見た。

定が水森の担当になってからは、そういう暴挙も少なくなった。元々水森が、鳴木戸栄蔵の著書を気に入っていたということもあったし、定の礼儀正しい態度や、いつ電話をしても応答する姿勢などを、よしとしたからだった。

水森は、最近は小説の執筆をせず、もっぱら随筆ばかりを書いていた。内容は、飲み屋で出会った女との睦言《むつごと》や、10代の女の裸のこと、とても90を過ぎた人間が書くようなものとは思えない、淫《みだ》らで、若い生命力に溢れたものだった。

その随筆に書くために、水森は定に、「処女の裸を見てみたいから脱げ」と、電話をしてきたのだ。承諾してから数時間後に、もう編集部には、ヨシの姿があった。暑い盛りだった。ヨシは、いつものように、黒いワンピースを着て、可憐《かれん》な汗をかきながら、定に、深々と頭を下げた。

「主人は、裸を見たいだけで、決して触ったりいたしません。そういうことは、絶対にいたしません。」

定は、かえってヨシに申し訳ない気がした。

水森は、白日の下、裸になった定の体を、じっと眺めた。ヨシの言う通り、触ったりはしなかった。そして、体に刻まれた入れ墨のことにも、全く触れなかった。

送られて来た原稿には、こういう一文が書かれてあった。

『私はその女の裸を見るつい数日前、自分の誕生日に、手練手管《てれんてくだ》を持った、32歳の女を抱いている。25歳の処女の体とは、いかなるものだったろうか。忘れていた。だが、その女の裸は、白く、輪郭が空気ににじみ、ただの裸だった。女のまるまるの裸だった。』

編集部までご足労いただくことはない、そう再三言ったにもかかわらず、ヨシはまたやってきて、定に頭を下げた。お若いお嬢さんに、恥をかかすようなことをして、申し訳ありませんでした、と。

だが定は、水森が好きだった。水森の書くものは面白かったし、水森自身も、嘘のない、まっすぐな人間だと思った。

その原稿が文芸誌に載った後、定は水森が、数年前に悦子と同じ病で視力を失っていることを知った。水森は、定の入れ墨どころか、定の裸すら見えなかったのだ。

「水森が言うことを、私が口述筆記というのですか、文字に起こしているんです。」

ヨシは、そう言った。

定は、水森康人の目のことを、誰にも言わなかった。

適当なところで火を止め、目についた深めの皿に、鍋を傾けて味噌汁をよそった。

悦子は、定のこういう不精《ぶしよう》を、たびたび叱った。味噌汁は、木の椀《わん》に入れるのが一番美味《おい》しいのだ、と、いくら言われても、定は、味の違いが分からないのだ。わざわざ椀を探すようなことはしなかったし、皿が見つからなければ、鍋から直接すすることもした。社会人になってから、さすがに人前ではそのようなことはしなくなったが、高校時代は、学食で、白米に冷たいお茶をかけて食べ、皆に不気味がられた。

テーブルに持ってゆくのも面倒なので、定は立ったまま味噌汁をすすり、しおむすびを食べた。昆布からしっかり出汁《だし》を取った味噌汁と、土鍋で炊いた白米を丁寧にむすんだしおむすびは、ほとんど目の見えない悦子が作ったとは思えなかった。だがそれも、5分もしないうちに、定の胃袋に納まってしまった。

定は、次に冷蔵庫から野菜ジュースを取り出し、これも、立ったまま飲んだ。一気に飲むと、味噌汁としおむすびの詰まった胃袋が、抗議の声をあげるように、ぎゅぎゅぎゅ、と鳴った。

汗をかいたが、シャワーを浴びるのは面倒だった。

そういえば定は、帰って来てから部屋着に着替える、というようなことを、絶対にしなかった。少し大きい黒のパンツと、だいぶ大きい白いシャツは、定がいつも着ている服だったが、それは家でもそうだった。白いシャツが汚れるのや、パンツに皺がよることを、定は少しも気にしないのだった。

このような自堕落《じだらく》な生活を送っていることなど、編集部の人間は、思いもしないだろう。いつも同じような服を着てはいるが、毛穴もなく、髪の毛をぴったり撫でつけるように縛り、寸分の狂いもなく机を綺麗にしておく定が、汗をかいた体で、シャワーを面倒くさがっているとは。

定は、数週間風呂に入らなくても、平気だった。体を洗うようになったのは、中学時代、クラスメイトが、定の体が匂う、と言いだしてからだった。皆の不快な視線には慣れていたが、人肉を食べた、とはっきり言わないようにする配慮と同じように、人前に出るときに体を清潔に保つことは、定の義務になった。

そういう意味では、世界各国への旅は、定にとって居心地の良いものだった。金がないことや、時間がないことを理由に、定はいくらでも、風呂をさぼった。

時計を見ると、8時を少し過ぎたところだ。寝てしまおうか、と思った。耳に蓋《ふた》をすれば、いつだってひとりになれるように、定は、眠ろうと思えば、いつだって眠ることが出来た。それはおそらく、父との旅で培《つちか》ったものだった。体力を温存するために、いつでも、どこでも、眠れるようにしなさい、と、栄蔵はよく定に言った。実際、栄蔵は、横になったり、眠ろうと目をつむった数分後には、もう、すやすやと安らかな寝息を立てているのだった。

寝よう、そう思ったが、いつも敷きっぱなしの布団は、悦子が綺麗に畳んで、クローゼットにしまっていた。出鼻をくじかれたような思いがして、定は結局、起きていることに決めた。

定は、当たり前のように、福笑いを取りだした。最近作った、美しい女優の福笑いだ。女優の顔写真を2枚カラーコピーし、1枚のほうの目、鼻、口、眉毛を切りぬく。そして、もう1枚のほうの目や鼻や口は、黄色のポスターカラーで塗りつぶすのである。肌色にしないのは、肌色のポスターカラーを持っていないからだ。

黄色に塗られた女優の顔は、異様な趣があった。ぎらぎらと光り、自分が誰かの「輪郭」であったことを、忘れてしまったように見えた。

味噌汁を温めたり、布団を畳むのを面倒くさがる定だったが、福笑いのときに、きちんとタオルで目かくしをすることだけは、怠らなかった。目をつむればいいことなのだと、大人になった今でも、思わないのだ。

白いタオルを、きちんと縦に折り、顔のうしろで縛る。パイルがまぶたに触れるとき、定は、ふうと、ため息をつく。いつも新しい、慶《よろこ》びがある。

定はその日、女優の福笑いを、2時間ほどやり続けた。ぴたりとあるべき場所におさめることを数回やり、あとはずっと、「面白い顔」を作った。眉毛をわずかに上に置く顔が、一番面白いことを発見した。そして結局疲れ、布団を敷かないまま眠った。

夢を見た。大きな牛が出て来た。


2週間後、定はあらためて、守口廃尊に会った。

守口は、胸に大きなアンモナイトが描かれたTシャツを着ていた。

もう、若鍋はついてこなかった。顔合わせは終わったのだという体で、今回は、定が守口に、7月いっぱいで連載が終了することと、書籍化のことを話すことになっていた。

「連載終わるのかよう。」

思いがけず、泣きだしそうになった守口を見て、定は少し驚いた。守口が、どのような思いで連載を続けていたのかは知らなかったが、今の守口の態度は、あきらかに自分の連載を心から愛している作家のものだった。

「申し訳ありません。連載を終了にして、書籍化というかたちを。」

「本になるのはいい、嬉しいよう、でも連載終わるのかよう。」

守口の言い方だろうか、連載が「恋愛」に聞こえた。

「人気ないんだろう、どうせよう、おいらの書くもんなんて、人気ないんだろうよう。」

「いいえ、そういうことは。」

「じゃあどうして終わりになるんだよう、林真理子《はやしまりこ》なんて『アンアン』でずっとずっと書いてるじゃねぇか、ありゃ人気だからだろう、水森康人だって、『文芸時報』にずっと連載してるじゃねぇか。俺のだって人気だったらずっと続くだろうよう。」

「守口さんは、アンアンや、文芸時報など、幅広い雑誌をお読みなんですね。」

「そりゃそうよ、金ねぇから全部立ち読みだけどよう、エッセイを連載するにあたって、いろんな作家のエッセイを読んで、勉強してるんだよ、おいらは。」

「それは、素晴らしい心意気ですね。」

「当たり前のことじゃねぇか。客に読んでいただくからには、日々勉強よ。努力しなくちゃなんねぇよ。プロレスと一緒なんだ。どれだけ体格に優れてたって、才能があったって、練習を怠っちゃだめだ。橋本なんて、練習大嫌いだったけど、よくさぼれるなと思ったよ。猪木さんの練習量見てちゃ、普通さぼれねぇよ。おいら、誰より早くジムに行ったし、先輩のスパーリングの相手も、率先してやってたんだ。努力して、努力して、努力したんだよう。」

「本当に、頭が下がります。」

「あんたは、何か努力してることはないのかよう。」

「編集者としてでしょうか。」

「そらそうだよう、見た感じあんた、女として努力してるようには見えねぇからよう。」

「お話の腰を折って、申し訳ありません。女として努力する、とは、どういうことでしょうか。」

「大学出てんだろう。なんでわかんねぇんだよう。化粧するとか、腕のその、ぼうぼうの毛を剃《そ》るとか、あるだろうよう。ぼうぼうだなぁ毛ぇ。」

「化粧は、冠婚葬祭で施《ほどこ》していただいたことがあるのですが、アレルギーのようで、顔が、鼻と同じ高さほど腫《は》れてしまったのです。ですが、腕の毛を剃る、という選択肢は、ええ、私の中ではなかったですね。腕の毛を剃る。なるほど、確かに女性の腕を電車の中などで見ると、つるりとしていますね。」

「女の腕はなんであんなつるつるなんだ、細くてよう、白くてよう、冷たくてよう。」

「冷たいかどうかは、正直存じ上げませんが、たしかに、つるつるで、細いです。」

「アメリカいるときは、アメリカ女とやったけどよう、断然日本人がいいよ。肌がつるつるだし、綺麗なんだ。でもよう、腋《わき》だ、腋。俺、腋見るのが好きなんだ、腋はよう、なかなかつるつるにならねぇんだよ、女でも、こう、剃りあとがあるんだ。そりゃ、つるつるにこしたことはねぇけど、剃りあとで青くなってんのとか、俺、なんかぐっとくるんだ。」

「ぐっとくるとは？　お話の腰を折って申しわ、」

「お前大学出てんだろう、わかるだろうよう、ムラムラすんだよ、やりたくなるんだよう。」

「興奮して性交したくなる、ということですね。」

「済ました顔の女がよう、つり革につかまっててよう、その腋があおーくなってんだよ、なんでだろなぁ、あれはムラムラするなぁ。」

「興奮する。」

「なんかこう、股の間を見たような気になるんだよなぁ。」

「性器を見たような気分になる。」

「あんたまさか、腋もぼうぼうなんじゃねぇだろうなぁ。だって腕でそれじゃあよう、腋なんてえらいことなってんだろう。」

「腋は、一応剃っております。」

「腋は剃ってんのか。腋は剃ってんのか。あれ、腋？　わき？　わきって何だ。わきで合ってる？　わき？」

「いわゆるゲシュタルト崩壊ですね。腋で合っていますよ。」

「そういえば、あんた名前なんていうの。」

「鳴木戸と申します。以前、名刺を。」

「知ってるよ、鳴木戸栄蔵の娘だろう。名刺なんて知らねぇよ。下の名前は。」

「定です。」

「鳴木戸定。」

「はい。」

「きゃあ、マルキ・ド・サドみたいだなぁ。」

「ええ、父が、サドから名前を取ったんです。」

「さすが鳴木戸栄蔵だなぁ。センスあるよう。」

「恐縮です。」

「おいら、サドのあの話が好きなんだ。おまんこは縦長で、肛門《こうもん》は丸だから、チンコ入れるのは肛門のほうが正しい、てやつ。鳴木戸栄蔵も書いてたよなぁ、そうなんだ縦長なんだよ女は。でも、俺達のちんこは縦長じゃねぇんだよ、穴はそら丸いほうがいいわなぁ。」

「ということで、丸い肛門、というわけなんですね。」

何度かコーヒーのおかわりを入れに来た店員が、怪訝《けげん》な顔でふたりを見ていった。定は、守口が熱いコーヒーをひと息で飲み干すからか、やはり目が離せないその、奇怪な顔のせいだろうと思った。

今日も、守口の左目は随分と下にあり、まばたきをすることも、眼球が動くこともなかった。鼻はそっぽをむいて、それを引っ張るように、唇は大きく横にそれていた。

「あんたは肛門にチンコ入れられたことあるのかよう。」

「私ですか。いいえ、ありません。」

「ないのかよう。」

「申し訳ありません、肛門に男性器を入れられたことがなくて。」

「俺はあるよ、新弟子の頃はよう、男同士で並んで寝るだろう。いたんだよ中にひとり、ショタがよう。」

「幼い男子を好む性癖の方ですね。」

「ショタっつったって、俺は体もでけぇし、あだなが親指だったんだぜ。確かに写真見たら、親指みたいな形なんだよ、全体的によう。うん。でも先輩の言うことは逆らえねぇしなぁ。」

「お嫌だったのですね。」

「嫌だようそれあ。でも、まあ、慣れるもんだなぁ。新日入るときだって覚悟したんだ。でも、何もなかったなぁ。皆女が好きだった。まともで良かったよ。猪木さんだったら入れられても良かったけどよう、猪木さんは絶対そんなことなかったなぁ。男のケツに入れたい奴は、どういう気持ちなんだろうなぁ。」

「そうですね。」

「入れられるほうがいいんだよ、まだ。入れるほうはよう、チンコにクソがつくだろう、あれ嫌じゃねぇのかなぁ。おいらさすがにクソは嫌だもの。」

「人糞は、匂いますものね。雑食ですものね。」

気がつくと、そばに店員が立っていた。

守口のカップを覗くと、やはり空である。おかわりをつぎに来てくれたのだな、と思っていたら、店員はみけんに深い皺をよせ、怒っているような顔をしていた。

「お客様、申し訳ありませんが、他のお客様もいらっしゃいますので、もう少しお声のトーンを下げていただいてよろしいでしょうか。」

守口が、動くほうの目で、ぎろりと店員を睨んだ。店員はひるんだが、周囲を見回すと、客が皆、不快な顔で、定たちのテーブルを睨んでいるのだった。

「大きな声だったでしょうか、申し訳ありません。」

定が頭を下げると、店員は、ちらりと守口を見た。

店員の胸には、『店長・外山《そとやま》』という名札がついている。

頭がはげあがり、その分輪郭が広い。ああいう形をしていると、眉毛や目を、際限なく上に置くことが出来るから、面白いのだ。定は早速、『外山』の眉毛を、頭頂部ぎりぎりに置いてみた。亀の裏側のようで、やはり、面白かった。

「あやまることねぇよう、あんたがよう。なんだよう、俺らがきたねぇ話してること言ってるのかよう。」

「ここは飲食店ですので。」

「なに言ってんだようおめぇは、おめぇが出してるそのケーキも、このコーヒーも、全部クソになるんだろうがよう。おめぇはクソしねぇっつうのかよう。」

「お客様、困ります。」

「何が困るだ馬鹿野郎、おめぇ名前なんていうんだ、外道《げどう》っつうのかおめぇは。」

「外山です。」

「ここにいる客ぜーんいんクソするんだし、あの女だって、あの女だって、おまんこに突っ込まれたことがあるんだ、この外道が。」

「外山です。」

「ここにいるみーんな、そうなんだよう。」

「守口さん、私はその経験はありません。」

「あんた、おまんこにつっこまれたことないのかよう。」

「ええ、ありません。なので、ここにいるみんな、という表現は、正確ではないと思うのですが。」

「なんだよあんた処女かよう。」

「お客様、警察を呼びますよ。」

「なんだこのやろう、外道。」

「外山です。」

「おめぇもつっこんだことあるんだろうが、ええ？　ケツにだってあるんじゃねぇのかこの野郎。」

「ありません、ケツにはありません！」

「守口さん、外道さんも、経験がおありでないとおっしゃっていますし、やはりみんな、という表現は乱暴かと思います。」

「経験がねぇ？」

「ええ、みんながみんな、肛門に性器をつっこんだ経験がおありじゃないのですから。」

守口は、しばらく店内をにらむように見つめていたが、何がきっかけなのか、やがて表情を軟化させた。

「そうか、そうかぁ。じゃあ仕方がねぇなぁ。」

定は、やっと安堵した。

「守口さん、出ましょう。外道さん、ごちそうさまでした。大変美味しかったです。」

「外山です。」

会計を済ましている間、店長の外山は、茫然《ぼうぜん》とした顔をしていた。左右の目を逆にしてみても、印象はそんなに変わらなかった。やはり先ほどの、亀の裏側は、面白かった。

外に出ると、先に出ていた守口が、縁石《えんせき》を蹴っていた。それは、怒りにまかせてというよりは、幼い子供が、恥ずかしがっているような仕草だった。

「守口さん。」

定が声をかけると、守口は大きな体を折り曲げるようにして、頭を下げた。

「すまなかったなぁ。」

その仕草は、定を感動させた。守口の、子供のように素直な心が、まっすぐ現れたような仕草だった。

「いいえ。何をおっしゃいますか。」

「すまなかったよう。鳴木戸栄蔵が鰐に食われた話、根掘り葉掘り聞いて。」

定は、少し驚いた。

「そのことですか。何を謝られることがありましょうか。」

「いや、だって、あんたのお父さんだろう。お父さんが食われたこと聞かれるのは、辛かったろうなぁ。」

驚いたことに、守口の動くほうの目には、涙が溜《た》まっていた。定は、どうして良いか分からず、思い切り、胸を張った。

「いいえ。父は、私の中でしっかり生きていますから。」

「……。」

「守口さん。」

「そんな台詞《せりふ》、よくも言えるよなぁ。」

「父は、私の中でしっかり生きていますから、という言葉のことでしょうか。」

「そうだよ。」

「どういうところがでしょうか。話の腰を折って申しわ、」

「あんたは、すげぇ人間なのかもなぁ。」

定が何か言う前に、守口は、じゃあな、と言い、手をあげて歩きだした。

「守口さん。」

定がそう呼んでも、守口は振り返らなかった。

書籍化の話を、また詳しくつめることが出来なかったな、と、定は思った。

定は、実は先ほどからずっと握りしめていた外山の鼻を、ふわりと、宙に離した。鼻は、ふらふらとその場をただよっていたが、やがて、外山の方へ向かって、まっすぐに、飛んでいった。

梅雨が始まった。

連日雨が降り、一日机の上に置いていたケーキにカビが生えた。悦子は作ったものをすべて冷蔵庫に入れていくようになり、定の腕の毛は、湿気に負けてうねった。

ある日、癖毛の篝《かがり》が、頭を坊主にして出勤してきた。

「篝ぃ、お前若返ったなぁ。」

編集長がからかうと、篝はふてくされたように、はあ、と言った。

「俺、昔から天パだったわけじゃないんですよね。小学校んときはサラサラで、でも六年のとき、夏に暑いから坊主にしたら、生えて来たときにはもう。」

「あ、それ知ってる。」

編集部員の吉永亜紀《よしながあき》が、そう言った。

「坊主にしてから髪質変わったって人多いよね。私の前の旦那もそうだった。」

「吉永さんの前の旦那って、建築家の?」

「それは前の前。」

「え、吉永さんってバツ2なんですか?」

「バツ3だ。」

「3?　バツ3?　まじっすか!　すげぇ!」

「だまれよ天パ。」

「なんだよ、なんで天パってこんな差別されるんだよ。」

定は、皆の会話を、聞くともなく聞いていた。

篝が坊主にしたことで、福笑いのしやすい輪郭になったことが、定は嬉《うれ》しかった。本当は、つるつるにはげあがった頭のほうがいいのだが、仕方があるまい。定は早速、篝の眉毛と目を、上のほうに持ちあげてみた。やはり、青々とした坊主では、完全な土台とはいえなかった。編集部に禿《は》げがいないことが、定は昔から残念だった。水森康人は、最近、メールで原稿を送ってくるだけで、姿を見ることは出来ない。

それを考えると、この間、喫茶店で見た外道という男は、理想的な禿頭《とくとう》だったな、と、定は思った。定の指が、ぴく、ぴく、と動いた。

「鳴木戸さん、この壁紙……。」

気がつくと、背後に、小暮しずくが立っていた。定のパソコンを見て、固まっている。

「ああ、こちらの方は、守口廃尊さんです。」

「今度書籍化する、『守口廃尊の闘病たけなわ!』の、著者の方です。」

「もりぐちばいそん……。」

「いや、それは分かりますけど、どうして壁紙に……?」

好きな顔だからだ、と言うのは憚《はばか》られた。それを言うと、自分の福笑い癖を、いちから説明しなければならない。

「大切な著者さんですので、お顔を忘れないようにしようと思いまして。」

「はあ……。」

小暮は、不気味そうに定を見て、席を離れた。それに気付いた篝が、定の席にやってきた。

「なんですか鳴木戸さん、好きな人の写真とか？　見ていいっすか？」

「いいですよ。」

小暮しずくが振り返った。篝も、パソコンの画面を見て、固まった。

「これって……。」

「こちら、『守口廃尊の闘病たけなわ！』の、著者の、守口廃尊さんです。」

「いや、俺知ってますけど……。鳴木戸さん、好きなんですか……？」

「ええ。」

編集長まで、定を見た。

「鳴木戸ぉ、お前、守口のことが、好きなのかぁ？」

「はい。」

「……そうか、そうかぁ。いや、別に、うん。かまわんが、そのう、なんだ、仕事に支障が出ないようにしろよぉ。」

定は、編集長の言うことが、よく分からなかった。担当作家を嫌いでいるほうが、仕事に支障が出るのでは、あるまいか。

「守口廃尊って、もう、50近くなかったでしたっけ……。」

「今年46歳になられます。」

「結婚は……?」

「20歳のときに一度されていますが、その後、守口さんが1991年、対戦相手の目をつぶそうとして解雇されたのと同時に、離婚なさいました。」

「詳しいですね……。」

「担当の作家さんですから。」

定は、パソコンの画面の、守口の顔を見た。

やはり、ものすごく面白い顔をしている。

彼の顔は、人間のパーツの「あるべき場所」という概念を、ことごとく裏切ってくれるものなのだ。パーツそれぞれが、それぞれで自由に、のびのびとやっている。見ているだけで、定の指先は熱くなる。だから定は、守口廃尊の写真を、自分のパソコンの壁紙に設定したのだ。ことあるごとに、目に入る位置に置いておきたかった。

「本当に、好きです。」

そう呟いた定を、編集部員が皆、怖いものを見るような目で見た。

定は、いつものように仕事にかかった。雨は、ますます強くなっている。

メールボックスを開くと、たくさんの仕事のメールに混じって、之賀さいこから一通届いていた。原稿が遅れていることに対しての返事だろう。開くと、案の定そうだった。

『あなたたち編集者、つまり「書かない」人間には分からないでしょうが、我々作家は、雨、雷、あまつさえ晴れ、などの自然現象にも、大きく左右されます。僕は雨音が気になり、そしてこの尋常ならざる湿気が気になって、原稿に集中することができません。3日遅れている、とあなたはメールを寄越しましたが、遅れている3日間とも、雨が降っていたのはおわかりでしょう。しかも今、僕が書いている原稿が、晴れ渡った青空のもとで繰り広げられている新しい遊具たちの戦争であるということは、ご存じのはずだ。何故ならあなたは、僕の担当編集者であるのだから。僕は晴れた日に書きたい。書きたい。僕だって書きたいのです。鳴木戸さん、原稿を締切どおり欲しいとあなたが言うのなら、この雨をやませてください。今すぐ。そうすればきっと、僕はあなたに原稿をお渡しするだろう。あなたが読んだことのないような、素晴らしい原稿を。』

主人公であるKが、頼朝の首をリフティングするという話は、いつの間にか、たち消えになっていた。その代わり、「校庭にある新しい遊具」が、学校の存続をかけて、「大きなアメリカ」と戦う話になった。

作品のテーマや内容が変わることはよくある。良い原稿さえ書いてくれればいいのだ。

だが、締切を守らないのは困る。定たちの文芸部は、書籍も担当しているが、『文芸時報』という文芸誌も作っている。水森康人が連載しているのも、この雑誌である。

書籍化するにあたって、作家には二通りの書き方がある。書籍のためだけに書く「書きおろし」という方法と、文芸誌などで連載してから、書籍にする方法だ。

連載にして、締切に追われるのは嫌だという作家は、書きおろしにするほうを好むが、逆に締切がないと書けないという作家は、連載を選ぶ。

連載をすると、確実に原稿が溜まるという編集者側のメリットがあり、また、原稿料と印税の両方が入るという、作家側のメリットもあるのである。

之賀さいこは、今、『文芸時報』で『Kのいろいろな闘い』という連載をしている。雑誌で、締切が3日もすぎると、さすがに編集部は困るのだ。

定は、苦労して原稿を書いている作家に申し訳ないと思いつつも、催促のメールを送るようにしている。

(さいこさんは、雨がやめば書いてくださるのか。)

定は、ある決意をもって、之賀さいこにメールを打った。

『之賀さいこ先生

前略　雨が降り続く中、催促のメールをさしあげましたこと、深くお詫び申し上げます。私のように書かない編集者が、之賀さいこ先生を追い詰めるようなことをいたしましたこと、まことに恥ずかしく、反省することしきりでございます。

書きたい、という先生の心の叫びが頼もしく、ええ、私も、是非雨をやませていただきたく思います。非力ではありますが、先生の苦しみを思えば、何かせずにはいられません。一生懸命雨をやませることにつとめる所存です。

どうか今しばらく、お待ちくださいますよう、よろしくお願い申し上げます。　草々』

昔、父と一緒に行った南米のある国で行われていた、雨乞いの祭を、定は覚えているのだった。帰国後、実家の農家を心配する悦子のために、その方法で雨を降らせたこともあった。之賀さいこが困っているというのなら、担当編集者として、努力するべきだ。それに、雨乞いよりも、降っている雨をやませることのほうが簡単だと、現地の人間にも聞いたのだった。

定は、ホワイトボードに『屋上』と書いて、編集部を離れた。皆は、屋上という文字を見て、不思議そうな顔をしたが、定は頓着しなかった。階段を上り、まっすぐ屋上へ向かう。定の勤めている会社は、11階建てである。文芸部のフロアは、8階だ。

雨乞いの儀式は、とてもシンプルなものだった。

なるべく空に近い場所、つまり高所へ行き、あぐらをかいて、雨を乞う場合はその呪文《じゅもん》、雨をやませたい場合はその呪文を唱える。前者は「ウルピ、ソンコ、パラ、ワキン」、後者は「ウルピ、ソンコ、パラ、サヤイ」だったはずである。それは恐らく、インカ時代の言葉であるらしかったが、部族の中でも、その言葉を理解している人間は、族長と、それを取り巻く一連の老人たちだけだった。

呪文を一度唱えるごとに、慰めるように、地面を舐める。雨が降る、またはやむまで、絶対にその場を動いてはならなかった。食べ物を口にすることも出来ないし、水を呑むことも出来ない。脱水症状で倒れる人間を、定は何人も見たものだった。

だが、その儀式に立ち会ったとき、2日目の夜には雨が降り出したし、世田谷区の自宅で行ったときは、3日目の朝に、雨が降り出した。定の舌は、ベランダの床を舐め続けたせいで、赤く腫れあがったが、痛みよりも、喜びのほうが勝った。

父は、そんな定を、大きな声で褒め称《たた》えた。もう大きくなっていた定を抱き、頭をくしゃくしゃに撫で、腫れあがった舌を優しく冷やしてくれた。父は現地で、雨乞いの途中に結局倒れてしまったため、定がやり遂げたことの偉大さを、誰より、知っていてくれたのだった。

人間は、3日くらいは食べ物を摂取しなくても平気だ。ただ、水分だけは取り続けなくてはならない。父は褒めてくれたが、定は、おのれの体の弱さを恥じた。ベランダで雨乞いをしたときは、悦子が、水でしめらせた脱脂綿《だっしめん》を、たびたび定の口にもってきてくれたのだった。現地の人間は、仲間が力尽きて倒れても、ずっと天をあおぎみて、祈りをささげていたというのに。

今、悦子はそばにいない。定はひとりでやらねばならない。だが雨が降っているので、脱水症状になるということはないはずだ。そういう意味でも、雨乞いより、雨をやませる儀式のほうが楽なのだろう。怖いのは、体が冷え切ってしまい、動けなくなることだけだ。

定は早くも、祈るような気持ちで屋上に出た。

屋上には、誰もいなかった。

定は時々、昼食をここで食べるが、雨の日に出たのは初めてだった。天気の良い日は、男性社員が日焼けをしようと、下着姿になって寝ころんでいることもあるし、定も、あまりの気持ちよさに、

1時間ほど昼寝をしてしまうこともあった。

だが今回は、そのように軽々しい気持ちでいてはならなかった。

定は、さらに高所を目指すため、給水タンクのある場所まで、はしごを上った。雨で足元が滑《すべ》るので、一段一段、慎重に足を運んだが、それでも滑った。

会社の一番高みから見える街は、雨にぼやけ、霞《かすみ》がかったようで、美しかった。

隣のビルの屋上には、たくさんの緑が植えられ、その向こうに見える屋上には、お稲荷《いなり》さんが祀《まつ》られている。見回す限り、どのビルの屋上にも人影はなく、雨は時々風にあおられ、大きくうねった。傘が役に立たない類の、雨だった。

定は、遠くからで失礼するが、と、お稲荷さんに挨拶をした。そして、あぐらをかいた。濡《ぬ》れることなど、平気だった。

目をつむると、雨粒が顔を叩く。優しい音がする。

この雨をやませるのかと思うと、少し心が痛んだが、苦しんでいる、之賀さいこのためである。

担当編集者は、作家が望むことを、全力でせねばならないのだ。

定は、両手を大きく上に伸ばし、呪文を唱え始めた。

「ウルピ、ソンコ、パラ、サヤイ!」

覚えているか不安だったが、一度口に出すと、面白いくらいに、するすると浮かんできた。一度唱え終わると、そのままの姿勢で、タンクを舐めた。そうだった、この体勢が、体の固い私には苦しかったのだ、と、定は思い出した。給水タンクは濡れて、少し甘かった。

「ウルピ、ソンコ、パラ、サヤイ！」

数分そうしているだけで、たちまち全身が濡れそぼった。だが、かえって気持ちが良いくらいだった。こんな気持ちでは、雨がやむことなどないのではあるまいか。定は、なるべく怒ったような顔をして、大声で、呪文を唱えた。舐めた、唱えた、舐めた。

「ウルピ、ソンコ、パラ、サヤイ！」

どこかで、カラスが鳴いている。雨の中、食べ物を探しているのだろう。何かを乞うような、甘ったれた鳴き声である。

途中、不倫をしているカップルが、屋上で落ち合うためにやって来た。雨だから、人がいないとふんだのだろう。それは正しかったが、今日はタイミングが悪かった。気配がして、見あげたふたりの目に映ったのは、文芸編集部の鳴木戸定が、腕をあげ、何かおかしな言葉を叫び、べろべろとタンクを舐めている姿だった。ふたりは、「ひっ！」と声を出し、あわてて逃げていった。

女は女性誌の編集部、男は営業部だったが、それぞれの部署に戻ったふたりは、おろかにも屋上に鳴木戸定がいたこと、雨の中あぐらをかき、大声で何をか叫んでいたこと、そして、タンクを舐めていたこと、を、吹聴《ふいちょう》してしまった。

はじめは、定の所業《しょぎょう》に驚いた皆だったが、女性誌編集部、営業部から同時多発的におこった噂《うわさ》や、前から怪しかったふたりが発信源だということを知るにつけ、ふたりの関係は、会社中に知れ渡ることとなった。

もちろん定は、そんなことは知らない。ただただ、呪文を唱え続けた。舐め続けた。唱え、舐め、唱えた。

「ウルピ、ソンコ、パラ、サヤイ！」

そして、5時間半後、見事に雨はやんだのである。

もう夕方だったが、晴れ間が見えて来た空を見て、定は嬉しかった。自分の目、鼻、口、眉毛を、自分から解き放ち、空間に放り込んだ。目や鼻たちは、嬉しそうに空を舞い、カラスや雲をよけながら、また律義に、定の顔に戻って来た。

定は、晴れ晴れしい気持ちで立ちあがった。死んだ父が、また、褒めてくれるのを待った。濡れた体を抱き、頭を撫で、ひりひりする舌に触れてくれるのを。だが父はおらず、そこにはただ、嘘のように晴れた空が、あるだけなのだった。

はしごを降りているとき、定の胸に、ふいに、ある思いがよぎった。

(編集部の皆さんは、私が、守口さんのことを、男女の間にある、恋愛という感情として、好きなのだと思っておられるのではないか。)

定は、編集部に戻ったら、その誤解を解こうと思った。守口に、迷惑をかけたくない。どうやったら皆に、守口の顔が好きなのだと、分かってもらえるだろう。定のこの、守口への思いは、自分の生い立ちと離れがたく密接に関わっていることを分かってもらうのは、やはり困難だろう。

定は、ゆっくりと、はしごを降りた。ひとりだった。

「皆さんは、私が守口さんに対して、男女間の情、つまり恋愛感情を持っているとお考えかもしれませんが、それは違います。」

ずぶぬれのまま編集部に戻り、開口一番そう言った定を、皆、茫然《ぼうぜん》とした面持ちで見つめた。定の奇行やおかしな発言には慣れているつもりだったが、つい先ほどまで屋上でタンクを舐め、何か唱えていた定がそう言うのに、すぐには対応することは出来なかった。

「もしそうお思いでしたら、ということですので。」

定はホワイトボードの『屋上』を消し、ずぶぬれのまま席に戻った。

「……わかりました、鳴木戸さん。」

篝が、やっとそう言った。定は、皆に、頭を下げた。

「ご理解いただけて、ありがたいです。」

そしてすぐに、パソコンを開いた。

誤解を与えるかもしれないが、壁紙は、そのままにしておいた。どうしても、他のものに変える気が、しなかったのだ。


数時間後、之賀さいこから、原稿が届いた。

素晴らしい原稿だった。遊具たちは生き生きと校庭を駆け回り、「大きなアメリカ」を鮮やかにやっつけた。儀式を覚えていて、本当によかった、と、定は思った。

定は之賀さいこに、感動した旨、感謝する旨、とにかく悦びに満ちた、長文のメールを送った。

本当に、嬉しかった。

之賀さいこからは、一言、

『知ってる』

というメールが届いた。

定は次に、守口にFAXを送った。

守口はパソコンを持っていない。手書き原稿を、編集部にFAXしてくるのだそうだ。それをパソコンで打ち直すのが面倒だ、と、いつか若鍋がこぼしていた。しかも守口の字はとてもきたなく、大変に読みづらいそうである。

若鍋だけでなく、皆が面倒くさがるのだが、定は、手書き原稿をパソコンで打ち直す作業が好きだった。

作家そのものが表れているような、癖のある文字や、意外なところに打ってある句読点を、正確に、正確に追ってゆくと、時折、作家と完全に同化したような気持ちになれる。自分と人との間に、今もしっかりとある透明のぶあついガラスが、その瞬間だけは、消えてなくなるような思いがする。

そして定は、文章が好きだった。

文字は文字なのに、無限の組み合わせで、無限の「言葉」になり、やがて「文章」になる、その仕組みが好きだった。面白くて、不思議で、仕方がなかった。「おしょうがつ」が、文字の連なりだと知ったときの驚きは、まだ、定の体から、出てゆかないのだった。

定は、改めて、7月いっぱいの連載の終了と、10月の書籍化にむけてのスケジュールなどについてを、書き送った。本当は会って話をしたいのだが、守口と会っていると、いつも違う話になってしまうので、そしてそれが大変に興味深いので、残念ではあるが、事務的なことはFAXで送ることにしたのだ。ただ、書籍化にあたり、連載すべてを掲載するわけにはいかないから、どれを削るか、どのような体《たい》にするか、装丁《そうてい》は誰に頼みたいか、など、諸々《もろもろ》打ち合わせたいので、いつかお時間をいただきたい、ということは書いておいた。とりあえず、連載の終了を了承してもらわないことには、始まらない。

若鍋は、守口が暴れたりするのではないか、と危惧《きぐ》していた。実際、連載の終了を告げたときの守口の落胆は、尋常ではなかった。

定も、『守口廃尊の闘病たけなわ！』が終わるのは、寂しかった。

今まで読んでいなかったのに、ゲンキンな人間だと反省しつつも、過去の掲載分をすべて読んだ定は、あの連載の、れっきとしたファンになっていた。

何度会っても、実物には、やはり驚かされる。

デスクトップの顔も飽きないが、「動く守口」の顔は、見ていて、片時も目が離せない。落ちた左目は、例えば眼鏡をかけたらはみ出してしまうのではないだろうか。鼻はあまりに曲がっているので、穴の形までおかしいし、歪んだ唇から声を出すと、違う誰かが話しているのを聞いているような気持ちになる。

そのうえ守口は、髪の毛を五分刈りにし、白に近い金髪に染め上げてきていた。その結果露《あら》わになった額には、斜めに横切る大きな傷がある。元々目立つ守口だったが、この風貌になると、かえって皆、守口を見ようとしなかった。

「髪の毛を、金色にされたんですね。」

定は、ロイヤルミルクティーを、守口はコーヒーを飲んでいる。

定がいつもロイヤルミルクティーを頼むのは、好物だからではない。喫茶店にあるメニューの中で、一番高い飲み物を頼むと、自然とそうなることが多いからだ。何故一番高いものを頼むかというと、作家が編集者に遠慮せず、好きなものを注文しやすいようにという配慮からである。

当然、昼ごはんを食べるときなどもそうだ。元々定には、何かを猛烈に食べたいという欲求がなかった。メニューにあるものの中で、一番高いものを頼む、という風に決めておけば、定にとっても、楽なのだった。

「そうだよう。夏だしよう、ヒールらしくしようと思ってよう。まあ、キャラ定着させるために、髪はあんま変えないほうがいいんだけどよう。アメリカでやってたときはよう、頭に日章旗《にっしょうき》巻いてリングあがったんだ。86年や7年つってもよ、テキサスとか田舎行ったら、まだまだ戦争のこと覚えてる奴らがいるんだよう。リメンバー・パールハーバーだっつってよう。そういうとこでヒールやったほうが、金多くもらえるんだよ。」

「ヒールとは、悪役のことですね。」

「なんだよう、プロレスのことちょっとは知ってるんじゃねぇか。」

「少しだけ、勉強させていただきました。もちろん、これからもっと勉強させていただくつもりですが。」

「いいよ、いいよう。勉強したって、あんたの人生には何の役にも立たねぇよう。プロレスなんて、見なくていいよ、一生見なくていいよ。」

「そんなことありません。守口さんは私の大切な担当作家さんですし、守口さんのご職業のことを、もっと知りたいと思っています。」

「職業かぁ、職業っつうんじゃねぇなあ。いや、まあ、職業なんだけど、なんていうかなぁ、難しいなぁ。」

守口はコーヒーをいつものように一気に飲んだ。喉が熱くないのだろうか、いつも思うのだが、守口を見ている限り、そのような弊害は、感じていないようだった。

「おかわりくださーい。」

守口が声をかけると、ふたりいた店員が、びくっ、と体を震わせた。

しぶしぶやってきた若い女が、カップをさげようとするのを、守口は制した。

「なんだよう、ここにおかわり入れてくれればいいんだよう。」

「すみません、おかわりは、オーダーということに……。」

女は明らかに、守口を怖がっていた。

「おかわり自由じゃないのかよう?」

店員の女が何か言う前に、定が、

「守口さん、大丈夫です。何杯でも頼んでください。私も、ロイヤルミルクティーをお願いいたします。」

と言った。女は、ほっとしたようにその場を去った。

「なんだよう、コーヒーおかわり出来ねぇのかよう。」

今日は、いつも行く喫茶店ではなく、近くにある、別の喫茶店にしたのである。この店なら、席と席の間も離れているし、この前の、「他のお客様のご迷惑になるような」ことは起こるまい、と思ったのだ。

「大丈夫です。言うのは二度目ですが、何杯でも頼んでください。」

「なんだよ1杯500円？　じゃあ3杯おかわりしたら1500円じゃねぇか。馬鹿野郎おいらの時給の数倍しやがるよ。」

「守口さんは、時給制なのですか。」

「違うよう、1試合でいくら、よ。でも練習やら治療やら緊張やら気合やらを考えたら、とんでもなく薄給よ。下手すりゃ100円くらいかもしれねぇよ。」

「時給100円、それは、植民地でもなかなかない金額ですね。」

「暮らしていけねぇよ、プロレスを職業と考えたら、少なくともおいらは、生活なんて考えられねぇよ。でも、」

そのとき、さきほどの女が、恐る恐るコーヒーを持ってきた。そして定を見て、ロイヤルミルクティーは、もう少しお待ちください、と頭を下げた。救いを求めるような顔だった。

定は、自信なさげに下がっている女の眉毛を、思い切り鋭角に、持ちあげてみた。たちまち自信に満ちた、高圧的な顔になった。やはり、眉毛の効能は大きいのだ。

定は、守口の眉毛を見た。薄く、眉筋があるだけで、ほとんど毛が見えない。誰か他の人間の眉毛をあてはめようとしてみても、守口の他のパーツのインパクトの前では、何の効果もなかった。つくづく守口は、規格外である。

「でも、なんでしょうか。」

女が去るのを待ってから、定が聞いた。

「なんでしょうか、て何が。」

「プロレスを職業と考えたら、少なくとも守口さんは生活を考えられない、でも、とおっしゃいました。」

守口は、ああ、と呟き、

「業《ごう》なんだよ。」

と言った。

「業ですか。」

「そう。おいらおしっこ。」

大きな体が動くと、空間そのものが動いているように見える。ぐおん、と、守口に巻きこまれるような感じで、空気が渦を巻く。その流れが、定には見える。

トイレに去っていった守口を、周囲の客が、やっと見た。守口の着ている青いシャツの背中には、「あだ」と書いてあった。

「お待たせいたしました。ロイヤルミルクティーでございます。」

女は、もう眉毛を下げてはいなかった。ちらりと、まだほとんど満タンはいった定のカップを見ている。定は、守口がするように、まだ熱いミルクティーを、一気に飲んだ。熱い。上あごの皮が、べろりとめくれた。

女は、唖然《あぜん》とした表情で定を見ていたが、やがて新しいカップを置き、去って行った。唇を残していったが、それは慌てて、女の跡を追うのだった。

戻って来た守口は、少し晴れやかな顔をしていた。右目が、異様にきらきらしている。

「おかわりかー、500円のよう。」

「どうぞご遠慮なく、私も2杯目ですから。」

「そんな牛乳みちみちの飲み物、よく飲むよなぁ。」

「牛乳、お嫌いですか。」

「臭いもの。」

「守口さんは、大変身長がお高くていらっしゃいますが、牛乳などを飲まれたのではないのでしょうか。」

「飲まねぇよ、臭いんだもの。」

「では、体格は生まれつきのものということですか。」

「おいら産まれたとき、5600グラムだったたんだ。」

「それは、立派な赤ん坊ですね。」

「病院でも有名だったんだよう。地元の新聞にも載ったんだから。」

「それは、素晴らしいですね。」

「そんなこと言って、あんたなんて、小さな頃から父親が鳴木戸栄蔵って、おいらなんかより、よっぽど有名じゃねぇか。人肉食った娘って、おいらも知ってたもの。」

「恐縮です。」

守口は、どこかしら、ウキウキしていた。これはいよいよ、トイレで何か良いことがあったに違いなかった。

「守口さん、お怪我なされたんですか。」

「怪我？　してねぇよう。」

定は、自分の額を指差した。

「あの、額に傷があるようにお見受けするのですが。」

守口は、まだ輝いている右の黒目を、ぎゅう、と上へ動かした。

「あ、ああこれか、こんなもん傷のうちに入んねぇよう。カミソリで切ったんだ。」

「カミソリで。」

「血を見ねぇと興奮しねぇ客がいるんだよう。」

「客、ああ、試合で切られたのですね。」

「相手に切られたんじゃねぇよ。自分で切るんだ。」

「ご自分で。」

「パンツにしこんどくんだ、カミソリをよう、そいで、コーナーに頭いかれる流れになったら、切っとくんだ、すう、と。でもおいら、力の加減がわかんなくなっちまって、けっこうふかーく切ってよう。」

「そうですね。だいぶ深い傷になられています。」

「ぴゅーって、飛び出しちゃった。深くいったな、と思った瞬間、ストンピングされたから、まあ良かったけどよう、客もあれくらいであんな血はでねぇよって、思ったろうなぁ。」

「そうですか。」

定は、ロイヤルミルクティーを、今度はゆっくりと飲んだ。上あごの火傷《やけど》がシュン、と痛んだが、大したことはなかった。定はひらひらと揺れる上あごの皮を舌で確かめ、守口を見た。額の傷は、おそらく一生消えないだろう。かなり深い。守口は、まだ癒《い》えていないその傷を、左手でごしごしとこすった。

「今の客、技がどうとかより、血なんだよ、血。過激なのがいいんだ。ちょっとでも組んでると、文句言いやがる。プロレスのレスはなんだと思ってんだ、レスリングだぞ、プロのレスリング。組むんだよ。猪木さんの初期の試合なんて、組んでる時間ばっかだよ、それがすげぇスリリングで、おもしれぇんだ。」

「アントニオ猪木さんですね。」

「なんだよ、そんなこと確認しなきゃいけねぇのかよ、あんた大学出てんだろう。」

「アントニオ猪木さんは、存じ上げております。」

「当たり前だよ、大統領は知らなくても、猪木さんは知っとかなきゃよう。」

守口は、小さな子供が、宝物を自慢するような顔をした。守口の右目は、どんどん輝きを増し、猪木さん、と言った口は、つやつやと赤みを帯びてきた。

定も、嬉しくなってきた。

「守口さん、守口さんの試合を見に行かせていただいても、いいですか。」

「え、だめだよう。見るなっつったろうよ。」

「お嫌ですか。」

「嫌っつうかよ、言ったろ？ プロレスは、思春期とか、少なくとも10代の頃に食らわないと駄目なんだよ。体感しないと、一生わかんねぇんだよ。頭で見るもんじゃねぇんだからよう。」

「私は25歳ですが、それでも、遅いでしょうか。」

「二十歳過ぎてるからだめっつうんじゃねぇんだ。経験が邪魔なんだ。」

「経験が、ですか。」

「そうだ。社会経験がだめなんだ。誰に見られるとか、どういう仕事かとか、とにかく、社会っつう、大きなもんの中で、自分がどういう立ち位置にいるとか、そういうことを考え始めた人間は、体感ができないんだ。考えちゃだめなんだ。いろんなことに脳みそを使っちまったんじゃよう、感じられねぇんだから。」

守口は、また一気に、コーヒーを飲んだ。

「体感。」

そう言った定を、守口はじっと見た。定も、守口をじっと見た。

「なあ、ここのトイレ、手乾かすやつのパワーがすごいんだ。」

「そうなんですか。」

「うん、手入れたら、一瞬で乾いちまった。もう、未来だよう、未来。」

それで守口は、生き生きと嬉しそうだったのだ。定は、守口のように、もう一度ロイヤルミルクティーを一気に飲んだ。そして、

「私も、手を乾かしてみます。」

と言った。守口は、嬉しそうに笑った、はずだ。口角が、にゅう、と、あがったのだ。


守口には、7月中での連載の終了を了承してもらった。あと4回だ。寂しいが、良い書籍を作って、守口さんの苦労に報いよう、と、定は思った。

守口と別れ、JR新宿《しんじゅく》駅のほうに歩いていると、大型書店の前に、小さな人だかりが出来ていた。人だかりの真ん中では、白人の男が、白い棒を振り回している。一目見て、定は、あ、と、声を出した。目が見えないのだ。

男の目は、一見すると綺麗な目だったが、何かを「見よう」としていなかった。

どうして、白杖《はくじょう》を振りまわしているのだろう。人が集まっているということは、何かのパフォーマンスか。定はしばらく考えていたが、男の様子から見て、どうやらそうではなさそうだ、と結論づけた。ただ、白杖が弧を描くさまは美しく、ひゅんひゅん、というその音は、耳に心地よかった。

いつまでも見ていたい、と思ったが、男は困っているようだったし、周囲の人間も、困っているようだった。

定が男に近づくと、人だかりが、一斉に定に注目した。

男が振りまわす白杖をよけるのが大変だった。杖は何度か、定の腕をかすったが、男は振りまわすことをやめなかった。表情を見る限り、やけくそでやっているようにも、何かにパニックになっているようにも見えた。

「あの、」

定が声をかけても、男は反応しない。そうだ、外国の方なのだ、と、定は思った。

「えくすきゅーず、みい！」

その言葉で、男の動きが止まった。

「だれ？」

日本語だった。

「急に申し訳ありません。鳴木戸定と申します。」

「マルキ・ド・サド？」

男が定と会話を始めたのを見て、人だかりは徐々にばらけていった。

「鳴木戸定と申します。」

「なるきどさだ？」

「そうです。」

「だれ？」

男の濁った眼《め》は、エメラルドグリーン、どこかの美しい、湖のようだった。湖のすぐ上、近すぎる場所に太い眉毛があり、そのため目の部分が陰になっていた。鼻は、目の間からはっきりと隆起している鷲鼻で、唇は薄く、顎が割れている。

彼の顔は典型的なラテン民族の顔だった。近すぎる眉毛を少し離すだけで、ものすごく頼りない表情になるし、鼻の位置を下にずらすと、たちまち馬の顔になる。

地中海沿岸を旅していたとき、こういう顔の男ばかりに会った。彼らはよく食べ、よく飲み、よく話す民族だった。夜でも、太陽の光を浴びているようだった。

「あの、見知った関係ではないのです。通りがかりの者です。どうして白杖を振りまわしていらっしゃるのかと思って。」

「ああ！」

男は、思い出したように、白杖を持つ手に力を込めた。

「そうだ！　僕は、パニックになっていたのだ！」

すわまた白杖を振りまわすのか、と定は身構えたが、男はすっかり落ちついており、定のほうに、手を伸ばしてきた。

「よかった、やっと優しい人が。」

差し出された手を、定は思わず取った。男の手はじっとりと汗をかき、熱かった。

「ひとりで新宿に来たんですけど、道に迷ってしまって、人に道を聞こうと思っても、誰も立ち止まってくれないし、ぶつかられるしで、もう僕、パニックになってしまって。」

「それで、白杖を振りまわしていたのですね。」

「そうです。」

「もうご安心ください。」

「良かった！」

それにしても、あまりに流暢《りゅうちょう》な日本語だ。彼の、まるっきりラテンの顔と、それはかけ離れて見えた。

定は、彼の鼻を少し下にしてみようかと思った。ラテン民族の顔をいじるのは、久しぶりなのだ。だが、なんとなく、目の見えない人のパーツをいじるのは、反則のような気がして、やめた。

「どこかに行かれるつもりだったのですか。」

男は、定の手を握った右手に、力をこめた。

「新宿御苑《ぎょえん》に行こうと。僕、千葉から観光で来てるんです。」

「おひとりで？」

「そうです。」

「そうですか。」

「時間ありますか？」

「私にですか？」

「はい。良かったら一緒に新宿御苑に行ってもらえませんか。」

驚いた定は、それでも思わず、腕時計を見た。

14時15分である。『14時半帰社』とホワイトボードに書いてあるが、今日は特別忙しいわけではない。それに何より、守口に連載の終了を了承してもらったことや、書籍化に向けて前向きな気持ちになってもらったことが嬉しく、定も、どこか歩きたい気分であったような気がした。

「分かりました。1本だけ電話をしていいですか。」

「電話のことを、1本と言うのですね！」

男は元気を取り戻し、白杖をきちんと地面につけていた。だが、定の手は、しっかりと握ったままだった。悦子に、腕を持たれながら歩いたことはあるが、このように手をつないでいるのは、初めてだった。男の手は、やはり熱かった。

「もしもし、鳴木戸です。あ、小暮さんですか。お仕事中申し訳ありませんが、私のホワイトボードの『守口廃尊先生打ち合わせ　14時半帰社』を、『新宿御苑　ＴＥＬ入れ』に変えていただいて良いですか。」

定がそう言うのを、男は嬉しそうに聞いていた。

「てるいれですって！」

電話の向こうの小暮しずくは、分かりました、と言った後、小さな声で、

「守口さんと、新宿御苑に？」

と聞いてきた。

「いいえ。違います。改めて、説明させていただきますので。」

定は、小暮しずくの返事を待たず、電話を切った。

「マルキ・ド・サド。」

男が言った。

「鳴木戸定です。」

定が言うと、男は、

「絶対美人だ。」

と笑った。


男の名は、武智次郎《たけちじろう》といった。

イタリア人の父と、日本人の母のハーフということだったが、彼のラテンの顔は、どこからどう見ても、イタリア人そのものであった。

5歳までイタリアで暮らし、両親が離婚したのち、母方の実家のある千葉に移った。

2歳のときに、網膜色素変性症《もうまくしきそへんせいしょう》だと診断された。進行は緩やかだったが、徐々に見えなくなり、22歳のときには白杖を持つようになったという。今も、光や、ぼんやりとした輪郭は見えるのだが、新宿の人の多さに、三半規管《さんはんきかん》を狂わされたのだそうである。

武智次郎は、よく喋《しゃべ》った。

「武智次郎って、ものすごく日本人の名前じゃないかと思うでしょ？　でもね、イタリアには、ジローって名前もあるんですよ。外人に、日本人みたいな名前の人がいるじゃないですか。ナオミとか、マキとか。あれと一緒です。」

「そうなんですか。」

「いや、ちょっとよく、分からないです。」

平日昼間の新宿御苑は、人もまばらだった。

武智次郎は、当然のように定の手を握り続けていた。定はそのことを意識せずにはおれなかったが、武智次郎のやり方が、あまりに自然なので、何も言うことは出来なかった。

定が沈黙すると、武智次郎は、何度も、

「絶対美人だ。」

と繰り返した。

「声がいいし、掌が柔らかい。僕、目は見えないのですけど、美人はすぐに分かるんです。美人は手に出るんです。掌が柔らかい人は、美人なんです。」

定は、産まれてから今まで、美人と言われたことなどなかった。だが、否定をしても、武智次郎は、

「いやいや、謙遜《けんそん》謙遜。絶対美人だ。」

そう言いはった。美人、というものが、どのような基準なのか分からないのだと、定は言いたかったが、そうすると自然と福笑いの話になり、ということは長くなりそうなので、やめておいた。定は今や、道理の分かった大人なのである。

「武智さんは、今も千葉にお住まいなのですか。」

「そうです、母親と同居、34歳で母親と同居です。」

定は、之賀さいこのことを、いや、その「プロフィール」のことを思い出した。

「モテないでしょうね。」

「何故ですか。」

「何故って、30歳を過ぎて独り暮らしもしてない男なんて、嫌じゃないですか。」

「そうでしょうか。」

「定さんは、美人なうえに、優しい。普通の女性でしたら、実家で母親と2人暮らし、て言った時点でアウトですよ。」

「アウト。」

「アウトです。」

「では、セーフは?」

「いやセーフは……高学歴高収入高身長じゃないのでしょうか。」

「では、実家暮らしかどうか、関係ないのではないでしょうか。」

「あ、本当ですね！　うふふ！」

鬱蒼《うっそう》とした森に入ると、体感温度が一気に下がった。ああ、と、声を出しそうになった。木陰《こかげ》の涼しさ、自然の風の威力は、いつも定を驚かせてきた。

鳥葬にふされた子供の骨は、いつしか、ごうごうと音を立てる風が、跡形もなくさらっていったし、これ以上暑いと死んでしまうと、地面に膝を突こうとした幼い定を、大きな野生の薔薇《ばら》の木陰が救ってくれたこともある。村人がこつこつと作り上げてきたタロイモの畑を、一晩で吹き飛ばしてしまった風があり、先を歩いていた父のふくらはぎを、綺麗に切りつけていった風もあった。

あのとき父は、ぱっくりと割れた自分の傷を、定に見せてくれた。そして、自分の血が熱いこと、肉が鮮やかな赤色をしていることを、喜んだのだった。そしてその肉を、定は食べたのだった。

定は、武智次郎をきちんと導かねば、と思いつつ、木陰を歩いている間は、しばらく、目をつむることにした。そして、口内に広がる父の味を、思い出していた。

「定さん、目をつむっているでしょう。」

武智次郎が、そう言った。とがめるような口調ではなかった。

「どうしておわかりになるんですか。」

「目の見えない者は、気配に聡《さと》いんですよ。」

定は、自分の瞳を、顔から離した。そして、森のてっぺんまで飛ばし、そこからはるか新宿の景色を眺めた。新宿は太陽に照らされ、それでも無機質で、たくさんの人間が生きている場所なのだとは、思うことが出来なかった。

雨が降ればいい、と、定は思った。

武智次郎と定は、連絡先を交換した。

武智次郎は、１週間ほど滞在するから、また会いたい、と言った。

「早いと思うかもしれませんが、僕は定さんのことが好きです。」

武智次郎は、定の顔が見えているように、まっすぐに目を合わせてきた。

何も言うことが出来ず、定が黙っていると、やがてにっこりと笑い、ホームに通じる山手線《やまのてせん》の階段を、上って行った。原宿《はらじゅく》に行く、と言っていた。また、パニックにならなければいいが、と、定は思った。

武智次郎は、次の日、本当に連絡をしてきた。

定は、会社から作家との打ち合わせに向かう途中だった。携帯電話の液晶に『武智次郎　白杖の男性』と出たとき、定は電車の中で、武智次郎の太陽の顔を、思い浮かべた。夜に会っても、きっと昼間の顔をしているのだろう、と思った。

電車を降りてからかけ直すと、武智次郎は、ワンコールで電話に出た。

「定さん、こんにちは！」

「こんにちは。」

「武智次郎です。定さんに会いたいのですが、どうでしょうか。」

「申し訳ありません。今から仕事の打ち合わせがありまして。」

「何時に終わりますか。」

「打ち合わせ自体は、1時間ほどで済むと思うのですが、その後帰社して、会議があるのです。」

「会議。定さんは働き者なんですね！　美人なうえに働き者、ワーキングなんとかですね！　夜は何してるんですか。」

「夜は、担当作家さんとの飲み会があるのです。」

「へえ！　なんか、かっこいいなぁ。なんとかウーマンだ。その後は？」

「その後と申しますと、夜中になってしまいますが。」

「構いません。定さんの家はどこですか？　僕、六本木のホテルに泊まってるんです。タクシーでどこにでも行きます。」

「飲み会があるのは赤坂ですので、では、終わったらご連絡さしあげます。」

「やった!!!　待ってますね、待っていますね！」

電話を切った定は、はて、武智次郎はどうやって定に電話をしてきたのだろうと思った。

武智次郎は、眩しい白い光しか見えないと言っていた。携帯電話に電話番号を登録するのも、携帯電話を渡され、定がやったのだったし、登録メモリも、随分あるようだった。その中から、どのように定を見つけ、電話をかけてきたのだろう。定は、今日会ったら、それを聞いてみようと思った。

打ち合わせの喫茶店に向かう途中、何人もの人とすれ違った。

定は、特に女性の顔ばかりを眺めた。皆、様々な顔をしていたが、妙齢の女性はほとんど化粧をしていた。中でも定は、頬をだいだい色に染めている化粧が気になった。顔色がよく、なんとも愛嬌のある顔に見える。ウランバートルで会った子供たちのようだった。

あんまりまっすぐ見つめてしまったからだろうか、ひとりの女性が、定を怯《おび》えた目で、見つめ返してきた。定は、その女性の唇、つやつやと桃色に光るそれを顔から離し、自分の口の部分につけてみた。化粧気のない定の顔の中、唇はきらきらと光り、綺麗だろうと思った。

しばらく、その唇を彼女に返したくなかったが、定の唇が、先に戻って来た。

唇は、はやく元の場所に帰りたい、そう訴えかけているようだった。

定は少しだけ、胸が熱くなった。


深夜の六本木は、平日なのに、けっこうな人間がいた。

外国人が多いのは、やはりエリアの特徴、中でも武智次郎は、完全なイタリア人然として、交差点に立っていた。手にはしっかり白杖を持ち、今日は、パニックになっていなかった。

パニックになっていない武智次郎は、姿勢がうんと良く、背が高く見えた。黒いシャツに、黒と白のチェックのパンツをはいている。髪の毛は短く刈りそろえられ、斜めにかけるタイプの黒いバッグを持っていた。色の組み合わせをきちんと出来ているのは、どうしてだろう、定は思った。

初めて会ったときも、新宿御苑を歩いたときも、そういえば定は、武智次郎の顔しか見ていなかった。

「武智さん。」

定が声をかけると、武智次郎の顔が、ぱあっと華やいだ。

「定さん！　本当に来てくれたんですね！」

「ええ、お約束ですので。」

武智次郎は、しっかりと白杖を握っている。なのに、当然、というように、定の手を握ってきた。

あまりに確信的な握り方だったので、定は、武智次郎は、本当は目が見えているのではないか、とすら思った。

「六本木ヒルズに行きましょう！」

武智次郎は、定の手を引っ張って歩きだした。白杖で、カツ、カツ、と、地面を辿りながら、器用に人を避けてゆく。新宿でパニックになっていた人間とは、とても思えなかった。

「武智さん。」

「はい？」

「失礼な質問でしたらすみません。今日、どうやって私にお電話をかけてこられたのですか。」

「どうやって、ていうのは？」

「携帯電話のメモリを、どうやって見分けるのですか。」

「ああ、あれは、人に頼んだんですよ。」

「知らない方に？」

「そうです。道行く人に、すみません、鳴木戸定さんという愛する女性に電話をかけたいのですが、僕は目が見えない。なので、メモリを探して、電話をかけてください、と、こう、お願いしたんです。」

「なるほど。」

「その人も、マルキ・ド・サド？　て言ってましたよ！」

「本当ですか。」

「嘘です。」

「嘘でしたか。何故嘘を？」

「ごめんなさいごめんなさい！」

武智次郎は、握った左手に、力をこめた。そして、握り方を変えた。握手のようにしていたのに、今は、指を1本1本からませるやり方だ。これは、「恋人つなぎ」なのではないか、定は思った。何か言おうとしたが、武智次郎があまりに嬉しそうなので、やはり、やめておいた。定は大人だ。

「東京タワーを見たいんです。」

六本木ヒルズに続く階段を上りながら、武智次郎はそう言った。

見たい、と言うのだな、と、定は思った。

定は、東京タワーが一番綺麗に見える場所まで、武智次郎を連れて行った。深夜なのに、人がまばらにいて、ベンチは占拠されていた。しかたなく、定と武智次郎は、立ったまま東京タワーを見た。

「定さん、どんな感じですか。」

「目の前に、東京タワーが見えます。」

「どんな風ですか。」

「とても綺麗です。東京タワー自身で発光しているように見えます。色は、赤と、オレンジと、白です。」

「大きさは？」

「ここからでしたら、武智さんのひじから手首くらいまでだと思います。」

「とにかく、綺麗ですね?」

「ええ、とても綺麗です。」

「ロマンチック?」

「ロマンチックの定義は、人によって違うと思いますが、ええ、おそらく。」

「そうですか……。」

定と武智次郎を、カップルのひとりの女が、ちらりと見た。武智次郎の手に握られた白杖を見ると、何故か会釈をして、それから、相手の男に向き直った。

定は、東京タワーを「見て」いる武智次郎を見た。

どうしてこの人が「武智次郎」なのだろう、と思う。ジローという名前があると言っていたが、マルコ、とか、ジョゼッペなどという名前が似合う顔だ。みけんから盛りあがった鷲鼻、立派な眉毛と、薄い唇、割れた顎。そして、鋭い目。

「綺麗なのか……。」

武智次郎は、恋人握りをやめなかった。それどころか、定に、少しずつ、にじり寄って来ているようだった。

「武智さんは、どれくらい見えていらっしゃるのですか。」

武智次郎の顔は、定の目の前にあった。もう、東京タワーのほうには、向いていない。背の高い男だったのに、今は膝を曲げて、定の身長に合わせているのだった。

「え。」

「どれくらい、見えていらっしゃるのですか。」

「そうですね、光と、輪郭くらいです。」

「じゃあ、東京タワーの光は。」

武智次郎は、白杖を握っている手で、定の腰を触った。何をしているのだろう、と、定は思った。

「東京タワーの光ですか……。」

「どれくらい見えていらっしゃいますか。」

「いや、わからないですね……。今は、周りが暗いからかな……。」

「そうですか。」

「ロマンチック、ですよね……?」

「さきほども申し上げましたが、ロマンチックの定義は、人によって違うと思いますので。」

「……美しい夜景、光る東京タワー……、そして、美しい定さん……。」

武智次郎の手は、腰から降り、定の尻にまわった。鼻息が、馬のように荒かった。

「武智さん。」

「……はあ、はあ、なんですか?」

「私が美しいと、どうしてお思いになるんですか。」

「はあ、はあ、それは、どうして……?」

定は奇妙な思いがした。武智次郎の手は、それ自体意思をもったように、定の尻をぐるぐると、かきまわしている。

「失礼かもしれませんが、武智さんは、目がお見えにならないので。」

「……いや、絶対に美人。分かるんです。美人、美人、美人、美人……はあ、はあ、はあ。」

どうして鼻息が荒いのだろう。気管をお悪くしているのだろうか、定は不思議に思いながら、とりあえず、動き回る武智次郎の手を掴《つか》んだ。

武智次郎は動きを止めたが、今度は、唇を尖らせ、近づけて来た。キスをしようとしているのだ、と気付いたが、何故ここで、このタイミングでそのようなことをするのか、定には分からなかった。

「武智さん。」

「……なに？」

「私に、キスをしようとしていますか。」

「……だめ？」

「理由が分かりません。」

「理由なんか、必要？　キスに？　僕は定さんが好きなんだもの。」

「お気持ちはありがたいですが、私は、武智さんのことをどう思っているか、まだ分かりません。そのような曖昧《あいまい》な気持ちでキスをするのは、どうかと思われます。欧米の方なら、気軽にキスをされると思うのですが。」

「では、では、僕を欧米人だと思って。ほら、顔も、完全にそっちの人でしょう？　ね？　ね？　ちょっとだけ、ちょっとだけ。」

「武智さん。」

武智次郎は、口をタコのようにとがらせ、ぐんぐん定に近づいてきた。面白い口だ、と、定は思った。しかし、それ以上の感情はなかった。

「失礼します。えい。」

「あっ！」

握った手を、曲がる方と反対側にひねった。武智次郎は大声を出して、くずおれた。周りのカップルが驚いて、こちらを見たが、定は、皆に優雅な会釈をし、武智次郎を立たせた。

「申し訳ありません。大丈夫ですか。」

「痛いよ……どうして？」

「どうして、と言いますと、そうですね、お尻をあんな風に触られるのは、ちょっと。」

「だって、こんなにロマンチックじゃないか。」

「ですから、ロマンチックの定義は、人によって違いますので。」

「東京タワー、美しい夜景があったら、キスくらいさせてくれたっていいじゃないか。」

「どうしてでしょうか。」

「あーあ……。」

武智次郎は、それでも、怒ったようには見えなかった。取り落とした白杖を自分で拾い、掌や膝を、ぱんぱんと払った。そして、甘えるような顔を見せた。

「キスがだめなら、ちょっと胸触らせてください？」

「何故ですか。」

「先っちょだけ。」

「何故。」

「手はつないでくれたのに？」

「それは、武智さんの目がお見えにならないから。」

「でも、恋人つなぎだったじゃないか。」

「私もそれはおかしいなと思いました。ですが、あまりにご機嫌なので。」

「今もご機嫌ですよ？」

「ですが、キスは違います。」

「お尻も触らせてくれたのに？」

「あれも、おかしいと思いました。」

武智次郎は、はーっ、と、ため息をついた。

「駄目か。駄目か。それは、僕が目が見えないからですか？」

「関係ありません。私達は、会って間もないではないですか。」

「じゃあ、時間が経ったらいいんですか？　どれくらい？」

「そういう問題なのでしょうか。」

「でも、減るもんじゃないし、キスくらいは……。」

「そもそも、何故私なんですか。」

「なんでって……。定さん美人だし……。」

「何度も申し上げていますが、私は世間一般で言う美人ではありませんよ。」

「言わないでいい！　言わないで！　僕は美人の定さんと、キスがしたいんです！」

武智次郎は、いやいやをするように、体を大きく揺すった。武智次郎の体越しに見える東京タワーが、ちらちらと歪む。それが、また綺麗だった。こういうのを、ロマンチックというのだろうか。カップルの影が、はっきりとキスをしていた。東京タワーは依然綺麗で、武智次郎の顔を、オレンジ色に照らした。顔のパーツだけでなく、光も、意思があるのかもしれない、と、定は思った。

「武智さん、帰りましょう。」

「ホテルに？　一緒に？」

「いいえ。それぞれにです。」

「先っちょだけ……。」

「それは何ですか。」

「定さんは美人だ。すごく。」

定は武智次郎を、ホテルまで送って行った。フロントでも、武智次郎は散々ごねたが、定は、部屋には行かなかった。

定が家に着いたときには、もう、深夜3時を過ぎていた。

夜風が気持ちよかったので、家まで歩いてみたのだ。汗をたくさんかいたので、仕方なくシャワーを浴びた。定は風呂上がりに、鏡に、自分の体を映してみた。

病弱だった定は、父との旅で徐々に己の生命力を取り戻し、今では、風邪ひとつ引かない体になっていた。およそ女らしくない、平坦《へいたん》でやせぎす、様々な入れ墨で覆われていることだけが特徴の、25歳の体だ。

陰毛は濃く、青いほどで、腕には男のように、青い血管の筋が浮いている。脚は、少し動かすと、ふくらはぎに筋肉の線が走り、足の甲は筋張っている。長年旅をしてきた結果だろう。乳房は、左側がやや下方に垂れ、乳輪は横に広がった楕円形《だえんけい》で、くすんだ、だいだい色をしている。

悦子が洗って干してくれていた下着を手にとると、柔軟剤の良い匂いがした。

下着をはくと陰毛は隠れ、パジャマをはおると、乳房や入れ墨や肩が隠れた。最後にパジャマを穿《は》き、足の甲と手、顔以外を隠してしまった。

皆が皆、顔を隠さずに歩いていることが、すごいと思う。顔の肌も、乳房の肌や、内腿《うちもも》の肌と同じなのに、堂々と白日の下にさらして、しかもそれが、ひとりひとり、違うのだ。

定は布団に転がり、パジャマの下に、手を入れてみた。

裸の皮膚は、自分の顔の皮膚と、そう違わない。だが、この皮膚を隠すのは、申し訳程度でも、胸が膨らんだからだろうか。青くて濃い陰毛が、生えてきたからだろうか。

裸を隠すのは、どうしてなのか。そして誰かが、誰かの裸を見たいと思うことは。

先っちょだけとは、どういう意味なのか。

定は、むき出しになった自分の顔から、パーツをはずしてみた。いっそ清々しくなって、パジャマを脱ぎ、下着も脱いだ。そして裸で眠った。眠っている間に、顔は、元通りになっているだろう。

その日の夢には、母の多恵が出て来た。

多恵は、裸の定を、いつまでも撫でていた。


7月に入ったある日、悦子が入院したと、連絡があった。

連絡をしてきたのは、悦子の娘の真紀《まき》だった。悦子の夫は、定が二十歳になった年に亡くなっていて、それから悦子は、ずっと独り暮らしだ。真紀の夫が、福岡に転勤になったため、娘とも孫とも、ほとんど会えずにいる。定の家に頻繁に通っていたのは、定のことを愛しているのはもちろんだが、このような環境にも理由があったのだった。

牛込《うしごめ》にある病院に入院しているというので、定は会社に遅刻する電話をした。電話には、誰も出なかった。アルバイトの男性も、出社していないようだ。

定は駅に向かう途中、花屋に寄り、あじさいを買った。悦子が好きな、白にした。

悦子はよく、定の家に花を活《い》けていった。トルコ桔梗《ききょう》や薔薇、アネモネや芍薬《しゃくやく》、様々な花があったが、いつも白だった。ほとんど目の見えない中、白だけははっきりと光るからだ、と、悦子は言った。

病院は、古いが、大きく、立派だった。昔、父に連れられて行った、バーレーンの病院のようだった。

あのとき、転んだ定が膝をついた場所に、ガラスの破片が落ちていたのだ。

鮮やかな黄色をした消毒液は、定の皮膚の上でぶくぶくと泡立ち、見ていた看護婦が顔をしかめた。定は泣かなかった。父は、そんな定を褒め、定が巻いていた血のついた包帯を、死ぬまで保管していた。今、それは、ほとんど黄色くなって、定の部屋にある。

悦子は、6人部屋の窓際のベッドに寝ていた。カーテンで区切られたベッド一つ分が、それぞれの部屋のようになっている。

「テー。」

カーテンの隙間から、定が声をかけると、横を向いて寝転がっていた悦子が、ぴくり、と体を震わせた。

「あらあら、来てくれたの。」

「来た。」

悦子は、定が地球上で唯一、敬語を使わずに話す人間である。

「会社は?」

「遅刻してゆくから大丈夫。」

「あらあら大げさなことになったね、ごめんね。」

「あじさい。」

「あらテーが好きな白のあじさい。」

やはり白にして良かったと思った。

悦子が起き上がろうとするので制し、定は自分で洗面器に水を張ってきて、それを浸した。薄い緑の洗面器に、白いあじさいが淡く滲《にじ》んで、とても綺麗だった。

立ったままでいる定の気配に気づいたのだろう、悦子が、ベッドサイドの丸いスチールの椅子から、自分のパジャマや着替えを取り上げ、定に勧めた。まるで見えているような仕草だった。座ると、脚の長さが違うのか、定の体はカタカタと、不安定に揺れた。

隣のベッドから、テレビの音が聞こえる。朝の情報番組だろう。

「あじさい、綺麗ねぇ。」

「テーは見えるの?」

「ぼんやりだけどね、ええ、見えるよ。白くてね、丸くてね、綺麗だね。」

「うん。」

定が生まれて初めて見たテーは、ぽっちゃりと太って、髪も黒く、生命の塊といった佇《たたず》まいをしていた。見えない左目は、きらきらと光って、定に世界の不思議を教えてくれたし、ぶあつい掌は、定の細かな咳や、しつこいしゃっくりを、たちまち止めてしまうのだった。

今、定の目の前にいるテーは、まるで昔のテーが縮んでしまったように見えた。髪は白く、まるで窓辺に置いたあじさいのようで、定のほうに伸ばした手は節くれだち、手首は驚くほど、細かった。

「腎臓が悪いって聞いたよ。」

「そうなんだよ、おしっこするとき痛くてねぇ。」

悦子はそう言うと、顔をしかめた。まるで今まさに、排尿の最中である、というような表情だった。

「痛いって、どんなふうに。」

「なんだろう、ぎゅう、て絞られている感じかな。」

定は、ベッドのシーツにそっと触れた。綿のパリッとした手触りが涼しかった。夏が来たのだ、と思った。

「定ちゃんは？　元気にしてる？」

「うん。」

悦子は、定に接するとき、まるで小さな女の子と話しているような口ぶりになる。

悦子にとって、25歳の定は、いつまで経っても、悦子に目隠しをせがみ、栄蔵の書斎の中で福笑いをしていた、小さな定なのだ。小さな、可愛い定なのだった。

「ちゃんと食べてる？」

「うん。」

「あったためて？」

「……うん。」

「あったためてないんだね。ちゃんとあったためて食べなきゃ。暑いからって、冷たいものばかり食べてちゃだめだよ。」

「うん。」

「会社の皆さんは、よくしてくださる？」

「うん。」

「何か、しんどいことはない？」

「うん。」

定は、こちらを見る悦子の顔を、様々に変えていた。眉毛を大きく上にあげたり、唇を飛ばしたり、目を重ねてみたりした。そして結局、眉毛と口角をあげて、笑って見えるようにした。

「テー。」

「なあに？」

「いつ退院するの。」

「分からないねぇ。お医者様に聞いてみないと。たくさん検査をするんだよ。」

「どんな。」

「テーも、分からないの。腎臓だけが悪いのか、他も悪いのか。」

「腎臓はどうして悪いの。」

「癌《がん》なんだって。」

定は、自分の右目を外し、悦子の額にくっつけた。

悦子の目が三つになった。悦子自身の目は見えないから、代わりに、おでこにある定の右目が、実質上の、悦子の目になるのだ。定は、そんな風に思った。

もっと簡単に、人の器官を、取り替えることが出来ればいい。

手術とか適合とか、そういう複雑なことではなく、誰かが望めば朗らかに移動するような、自分たちの体は、その程度のものであればいいのに。

定は悦子の、悪くなった腎臓のことを思った。それを悦子から、取り外してみようと思っても、なかなかうまくゆかないのだった。

「定ちゃん。」

「うん。」

「ごはんは、あったためて、食べなさいね。」

帰り際、ちらりと隣のベッドを覗くと、小さな老婆が、イヤホンを耳につけたまま寝入っていた。イヤホンの先を辿ると、テレビからすっぽりと外れている。

定は、かつて、大きな1人部屋で眠っていた母の、黒くむくんだ顔を思い出した。扉を開けると飛び込んでくる、母が眠っているあの空間は、切り取られた絵画のようだった。父が愛さない類の、西洋の陰影のある、額絵のようだった。母はそれでも美しく、確実に死に行く人間の姿をしていた。

白いあじさいが、洗面器の中で、ことり、と音を立てた。


病院から会社に向かう途中、定は本屋に寄り、腎臓病関係の本を、片っ端から手に取った。数冊を選び、医療の棚からレジに向かうとき、隣のフロアにあるDVDの棚に、ふと目が止まった。棚の下方、皆に見逃されてしまうような場所に、「格闘技」と書かれた札があった。

定は、引き寄せられるようにその棚へ行き、タイトルを目で追った。

「アントニオ猪木」「新日本プロレス」、最近見知ったばかりの単語がついているものは、すべて手に取り、裏側を見て、内容を確認した。

かなりの時間をかけてから、やっと、守口廃尊の名を見つけた。プロレスの名試合を集めたＤＶＤだった。

『89年　川中辰夫《かわなかたつお》（VS.守口廃尊戦）』

守口は、カッコの中にくくられていた。守口ではなく、おそらく、この川中という選手に、フォーカスしたものなのだろう。定は、しばらくそのＤＶＤを持って立っていたが、やがて、元通り、棚に戻した。守口に許されないうちに守口の試合を見るのは、ルール違反のような気がしたのだ。

守口は、プロレスは脳で考えてはいけない、体感するのだ、と言った。それはどういうことなのだろう。つい1週間ほど前に会ったばかりなのに、定はもう、守口に会いたいと思った。

店を出たところで、携帯電話が鳴った。着信を見ると、『武智次郎　白杖の男性』である。

「もしもし。」

「定さん、こんにちは！」

「こんにちは。」

「今何をしてますか。」

「今は、会社近くの書店から外に出たところです。今から会社に向かいます。」

あれから、武智次郎は、毎日のように電話をかけてきた。時間はまちまちだが、いつも何故か、定が電話を取れる状態のときに、かけてくるのだった。

「良い天気ですか。」

「ええ、とても良い天気です。」

「千葉も良い天気ですよ！　午前中、母の畑を手伝いましたが、土の濃いにおいがして、定さんにも嗅がせてあげたいなぁと思っていました。」

「そうですか。」

「あとね、海も近くだから、定さんきっと好きだろうと思いますよ。定さんの水着姿、見たいなぁ。」

定は、もう武智次郎は連絡をしてこないだろうと思っていた。あのときの自分に他の選択肢はなかったが、あれは無下《むげ》に断ったということだろう。そして、そのように断られた男性は、連絡を絶つものだと、定は思っていた。

だが武智次郎は毎日、こうやって、電話をかけてくる。

「私は水着を持っていません。」

「じゃあ今度買いに行きましょう。夏ですよ。」

「泳ぎに行くことがないので。」

「だって夏ですよ。」

「夏。」

「お休みの日に行きましょう。もう少しだけ暑くなったら、ね、お休みの日に、海に行きましょう。」

「海。」

「約束ですよ、約束ですからね。」

「約束。」

これまでの電話で、何度もこのような「約束」をしてきた。山に行く約束、遊園地に行く約束、花火を見に行く約束。だがそれらは、ひとつたりとも叶えられたことがなかった。

定は、武智次郎が、何を考えているのか、よく分からなかった。定自身、自分が武智次郎のことをどう思っているのか、分からなかった。

携帯電話を切り、バッグにしまった。バッグの中には、本が7冊入っていた。

定のバッグは、小型犬を入れて運ぶためのものだ。だが、この大きさと頑丈さ、そして、小型犬が顔を出すための小窓は、中のものを確認するのに都合が良く、定は気に入って使っているのだった。

職場の皆は、このバッグのことを、もちろん、「定バッグ」と言った。重かった。

武智次郎は、会うと、また、「先っちょだけ」と、言うのだろうか。

その夜、定は、父の夢を見た。

父は、首に包帯を巻いていて、血が滲んでいる。分け入った茂みの中に、バラ科の植物が生えていて、それで首を切ったのだ。定はそれを見て、すぐに、ネパールからチベットに入ろうとしたときの父だ、と思った。

思った途端、定は8歳になった。ぼんやりしていた景色が輪郭を現した。勾配《こうばい》のある乾いた土地に、なけなしの植物が生えていた。

父が手招きをするので、定が走って追いつくと、そこには牛の頭部が転がっていた。ほとんどの肉を鷲につついばまれ、目の周りにわずかに残った皮膚には、枯れた草のような毛が生えており、蛆《うじ》がみっしりとわいていた。

「残り少ない肉でも、きちんと食べるのだね。」

父がそう言った。

蛆虫のことを言ったのだろうが、いつの間にか定の手には、骨のついた肉が握られていて、それはきっと、死んだ牛のものだった。牛は定の手の中で、むくむくと大きくなった。肉が盛りあがり、毛が生え、やがて定は、一頭の大きな牛になった。

いつの間にか父はおらず、荒涼とした土地に、美しいあじさいが咲いていた。

定は目覚めるまでずっと、牛の目で、世界を見続けた。


「もしもし。」

「定さん、こんにちは！」

「こんにちは。」

「今日は雨ですね。」

「そうですね。夕方にはあがると思うのですが。」

「え、そうですか。天気予報では、一日中雨ですよ。」

「そうでしたか、でも、ええ、あがると思います。」

「定さんが言うのなら、そうなんでしょうね！　僕は定さんの言うことを信じます！」

「私の言うことですか。」

「ええ、そうです、僕は定さんの言うことなら、なんでも信じる。なんでも聞いてあげる、なんでも！」

「なんでも。」


「もしもし。」

「定さん、こんにちは！」

「こんにちは。」

「今、歩いているでしょう。」

「正確には、階段を上っています。」

「階段！　どうしてですか？」

「屋上に上がるためです。」

「会社の？」

「そうです。雨乞いをしようと思っているのです。」

「雨乞い！　定さんはなんでも出来るんですねぇ、すごいなぁ！」

「すごい。」

「ええ、すごいです！　僕は、雨乞いなんて出来ないですもの！」

「簡単ですよ。呪文さえ知っていれば。」

「じゃあ、今度その魔法を教えてください！」

「魔法。」

「約束ですよ！」

「約束。」


「もしもし。」

「定さん、こんにちは！」

「こんにちは。」

「今、定さんのことを思って、歌を歌っていたんです。」

「歌を。」

「はい。あ、どんなかは聞かないでくださいね、恥ずかしいですから！」

「分かりました。伺いません。」

「愛の歌です。」

「愛。」

「恥ずかしい！　やめてくださいやめてください、聞かないで！」

「分かりました。伺いません。」

「定さんは、歌を歌うことはありますか。」

「歌ですか。ええ、あります。」

「どんな歌？　僕の？」

「いいえ、武智さんの歌ではありません。」

「じゃあ、愛の？」

「愛。」

定が歌う歌は、ナミビアのヒンバ族が、赤ん坊をあやすときに歌う歌だった。

歌詞というようなものはなく、うわあ、うわあ、と、音を共鳴させるように母親が歌うと、赤ん坊も、それを真似て声を出すのだ。

ではこれも、愛の歌かもしれない、と、定は思った。


「もしもし。」

「定さん、こんにちは！」


定は、暇を見つけては、悦子の見舞いに行った。1日に二度行くこともあった。

「テー。これ、トルコ桔梗。」

「あらあら、可愛いねぇ。くしゃっとして、白くって。」

良くなっているのか、悪くなっているのかは、その日悦子の顔を見るまで、分からなかった。ツヤツヤと血色の良い日もあれば、起き上がるのも大儀そうな日もあった。

定は、悦子と話をした。話をしないときもあったが、とにかくそばにいた。

悦子のベッドの周りは、殺風景だった。悦子にはテレビは必要なかったし、隣のベッドからは、テレビの音が聞こえていた。老婆は、いつも、外れたイヤホンを耳につけたまま、眠っているのだった。定は老婆が起きているのを、見たことがなかった。

「定ちゃん、雨が降るかもしれないよ。」

「うん。」

「傘は持ってる?」

「持ってない。」

「じゃあ、テーの傘持ってゆきなさい。」

定が返事をしないうちに、窓の外では、雨が降り出した。

之賀さいこからは、あれから一度だけ、定に雨乞いを願う連絡がきた。晴れた日ばかりに執筆が出来るわけではないようだ。なるほどその後に来た原稿では、雨が降り出す瞬間、最初の雨粒が地面に落ちる瞬間が、克明《こくめい》に描かれていた。

定は窓を開け、雨粒が落ちる様を、じっと見た。

悦子は何も言わなかったが、定が雨を見ていることは、はっきりと分かっているはずだった。

雨粒は、小指の先ほどの大きさで、落ちている。時折他の雨粒と寄り添って大きくなるが、ほとんどはひとりで落ちてゆく。定が指を出すと、出した指先には誰も触れず、手首や肘《ひじ》の内側で、ぽつり、ぽつり、と破裂した。破裂したしずくは、もっと小さなしずくになって、皮膚を滑り、またひとりで、落ちてゆくのだった。

定は振り返り、悦子を見た。

「……作家の水森康人さんが……」

そのとき、隣のテレビから、聞き知った言葉が、耳に飛び込んできた。

定は、思わずカーテンをめくった。老婆は起きなかった。死んだように、同じ姿勢でじっとしている。

「定ちゃん、どうしたの。」

定は、悦子の言うことには、返事をしなかった。

テレビでは、小暮しずくに似た女性アナウンサーが、ニュースを伝えている。その左上のテロップに、

『作家　水森康人さん　死亡　死後半年経過か?』

と書いてあった。

死後半年経過。

定は、一瞬のうちに、この半年の間のことを思い出していた。

水森康人からは、毎月、原稿が送られてきていた。

あられもない夢を見て、30数年ぶりに夢精《むせい》したこと、双子の女性の裸を触り比べたこと、精力増

強の効果があると聞き、得体の知れぬ薬草を取り寄せたこと。

どれも、鮮明に思い出せる、紛《まぎ》れもない、水森康人の原稿だった。

定の携帯が鳴った。画面には『編集部』と出ている。定は、病室を飛び出し、電話に出た。

「もしもし。」

「おお、鳴木戸ぉ、もう知ってるかぁ？」

「水森先生のことでしょうか。」

定の心臓は、どきどきと高鳴っていた。この心臓の高鳴りこそ、私がロボットではない証拠だ、と、定は変なことを思った。

「そうだぁ、電話が鳴りっぱなしだぞぉ。」

「亡くなったのでしょうか、本当に？」

「お、知らないのかぁ。いや、本当に死んでたらしいんだよ、半年前に。」

「ですが、原稿が。」

「そうだよなぁ、そうだよなぁ。」

いつもは何も思わない、編集長の間延びした話し方が、今日は歯がゆかった。

「半年間、どうして知られなかったのでしょう。」

「ヨシさんが捕まったんだよ、見てないかぁ。」

「え。」

「ヨシさん、水森先生の奥さん。」

「分かります。」

「ヨシさんが、水森先生の遺体を、自宅にそのまま放置してたらしいんだ。俺もニュースでしか知らないいんだけど。」

「水森先生の遺体。」

定には、どうしてもその姿は想像出来なかった。あんなに簡単に、目や鼻を動かさせてくれた水森康人だったが、遺体となって横たわっている姿は、それを見ない限り、いや、それをはっきり眼前に見たとしても、認識出来ないかもしれなかった。

「会社に戻ります。」

心配する悦子に、大丈夫だと告げ、定は病室を出た。結局傘は忘れたが、構わなかった。

エレベーターはのろのろと遅く、温厚な定をイライラさせた。たまに、ボタンを連打している男性などを見るが、今では定は、その人の気持ちが、よく分かるような気がした。

1階に着き、エレベーターの扉が開くと、白い光が、定の目を刺した。

ロビーは健康な人に溢れ、別世界のように輝いて見えた。ここは、悦子がいる部屋と、同じ病院であるはずなのに、定はその華やかさ、健やかな賑々しさに、目を瞠る思いだった。

定は人波を避けて、走り出した。そのとき、

「あ。」

たくさんの人の中、ひときわ大きな男の背中が目に入った。猫背だが、皆から、頭二つ飛び出している。金髪の五分刈り頭に、水色の入院服。

「守口さん。」

守口は、定のほうを見なかった。定は走って、走って、やっと、守口に追いついた。

「守口さん。」

近くで声をかけても、守口は気付かなかった。気付いたのは、定が意を決して背中に触れたときだった。

「あれぇ。」

「こんにちは。守口さん。」

守口は、動くほうの目に眼帯をしていた。ひとつだけになった左目は、眼帯より随分下にあり、こうなると守口の顔は、ますます奇妙だった。

「何やってんだよう。」

「あの、私の乳母《うば》が入院していまして。」

「うばぁ?」

「はい。」

「さすが鳴木戸栄蔵の娘だなぁ。乳母なんてのがいるのかい。」

守口は、この明るいロビーの、象徴のように見えた。

腎臓を患った悦子と、死んだ水森康人、そして、その遺体とすごしていた水森ヨシと、彼は随分遠いところにいて、そしてこうやって、定を見下ろしているように思った。定は、ばくばくと煩《うるさ》かった心臓が、ゆっくりと、平常の動きを取り戻すのを感じた。

「守口さんは、どうなされたんですか。」

「おいら、一昨日《おととい》試合後に運ばれたんだよう。意識がなくなって。」

「そうなんですか。大丈夫ですか。」

守口は、雑誌を持った手をぶらぶらさせた。

「大丈夫もなにも、こうやって歩いてるんだからよう。なのに医者はやれ検査だ安静だって、うるせぇんだよう。」

「安静？」

「頭強く打ったからとか言いやがる。頭強く打ってねぇレスラーなんていねぇよ。」

「医師が言うことがすべてだとは、私も思いませんが、でも、検査の結果が出るまでは、ベッドでお休みされていたほうがいいのではないでしょうか。」

「馬鹿いえよ、大体よう、ベッドがちっさすぎて寝れねんだよう。」

確かに守口のこの体では、病院のベッドは小さいだろう。病院服の下から、胴体のようなふくらはぎが覗き、スリッパから足が、大きくはみ出している。

「第五病棟、３０７号室の守口譲さん、第五病棟３０７号室の守口譲さん、至急病室へお戻りください。」

館内放送が流れた。だが守口は、へっと鼻で言い、戻ろうとしなかった。

「守口さん。戻られたほうが。」

「なんだよう、俺は平気だってばよう。」

ふと見ると、雑誌を持った守口の手首に、大きなこぶが出来ていた。ぎくりとした。

定の視線に気づいたのか、守口は、

「これはガングリオンだ。」

と言った。

「がんぐりおん？」

「よく出来るんだよ、こぶ。天龍《てんりゅう》さんなんか、自分でキリでつついて潰すっつってたよ。」

「悪性のものではないんですか。」

「なんだよう悪性って。しらねぇよ。それより、あんた何してんの。」

「あの、乳母が。」

「ああ、ああ、言ってたなぁ、言ってたなぁ。乳母ってなぁ。」

「守口さん。」

「なに。」

「水森康人先生が亡くなられたの、ご存じですか。」

「えぇ。」

守口は驚いたようだったが、露《あら》わになっている左目だけでは、よく分からなかった。

「いつ。」

「私も、さっきテレビで知ったのですが、半年前に亡くなっていたそうなんです。」

「なんで。だって、『文芸時報』で。」

「そうなんです。原稿はいただいていたんです。これから、編集部に戻って、真相を確かめようと思うのですが。」

定が言い終わらないうちに、守口は、ロビーに置いてあるテレビのほうへ歩き出した。左足をひきずっている。

「第五病棟、３０７号室の守口譲さん、第五病棟３０７号室の守口譲さん、至急病室へお戻りください。」

守口は、ドラマの再放送が映っている画面を、勝手に変えた。画面を見ていた人たちから、ああ、というため息のような声が洩れたが、皆、守口の風貌を前にしては、何も言えないようだった。

守口はチャンネルをザッピングし、『水森康人』の文字が出たチャンネルに落ち着いた。そして、テレビの前のベンチに腰を下ろした。

定も、他の皆に頭を下げて、守口の隣に座った。

「半年前に亡くなられていたということなんですが、ショッキングなニュースですね。」

司会の男の後ろには、水森康人の写真が大写しになっていた。画面左上に、

『ほとんどミイラ化。異臭も。』

という文字が見える。

「今警察が、水森さんの妻から事情を聞いているということなんですが。死亡した水森康人さんの遺体と、半年同じ家にいたということなんですよね。」

「信じがたいですね。」

水森さんの妻、という言葉と、編集部で見た水森ヨシの姿が、うまく同化できなかった。定は、何か胸騒ぎがして、守口を見た。守口は、うっとうしそうな仕草で、眼帯を外していた。右目は腫れあがり、まぶたに、痛々しい縫い傷がある。

「ヨシさん。」

声に出すと、定の胸騒ぎは、確信になった。

ヨシさんが書いていたのではないか。

いつだったか、ヨシは水森康人の原稿を、口述筆記していると言っていた。水森康人の書き方や癖は、誰よりヨシが知っているはずだ。

この半年間、ヨシが水森康人になり代わり、原稿を書いていたのではあるまいか。

定は、「水森さんの妻」ではなく、水森ヨシその人のことを、思った。

肌が透き通るように白く、美しいヨシ。いつも体を折り曲げ、地面に届くようなお辞儀をしていたヨシ。

そして同時に、水森康人のことを思った。

水森の濁った目。大河のように深く刻まれた皺、いつも正直だった水森。

水森の前で裸になったあのときが、水森に会った最後だった。

「守口さん。」

「なんだよう。」

「私、水森先生の奥さま、ヨシさんとおっしゃるのですけれど、その方が、連載原稿を書かれたのではないかと思います。」

守口は、定を見た。気配から、睨んでいるようだと思ったが、縫われた右目と、落ちた左目では、やはり、分からないのだった。

「どうして？」

「水森先生の原稿を、口述筆記されているとおっしゃっていましたし、水森先生が亡くなった後も、水森先生になって、書いていたのではないかと、思うのです。」

守口は、大きな手で、自分の頭を、強く撫でた。透明なフケが、ぱらぱらと落ち、定は、先ほど自分の腕で破裂していった雨粒を、思い出すのだった。

定の携帯電話が鳴った。編集部からだろうと見ると、『武智次郎　白杖の男性』だ。定は、電話に出なかった。

「出ねぇのかい。」

「はい。」

「編集部からじゃねぇのかい。」

「はい。」

守口は、目をつむった。持っていた雑誌で膝を叩く音が、定の耳に響いた。規則正しかった。

「守口さん、私、行きます。」

「あんたの乳母は、何の病気。」

守口は、目を開けなかった。だが、縫われた右目のまぶたが、ぴくりと動いた。

「腎臓癌です。」

「そうか。」

定は頭を下げ、走り出した。自分でも、こんなに速く走れるのかと、驚くほどのスピードだった。懐かしかった。

ニジェール川の川辺だ。

怒りに狂ったカバから、逃げているとき、定は今と同じように、驚くほどの速さで走ることが、出来たのだった。

定は10歳だった。同行者と共にトゥアレグ族の取材をしていた父から離れ、ひとりふらふらと、川へ近づいていったのだ。

葦《よし》の茂みは、ちょうど定の目の高さにあり、歩くたび、まぶたをちくちくと刺した。定は、父に買ってもらった立派なトレッキングシューズをはいていたのだが、それを動かすのが困難なほど、地面はぬかるんでおり、跳ねた泥が、定の顔を汚した。

空を見上げると、桃色を少しだけ混ぜたような、綺麗な青い空で、定は空の色から、時間が分かるようになっていた。

今は3時くらいだ、と、定は思った。わずかな空腹は心地よく、ぬかるんだ泥の感触は楽しかった。定は、次々現れる葦を手でなぎ払いながら、どんどん、川に近づいていった。

からまって、ほとんど太い幹のようになっている葦をはらったとき、眼前にカバがいた。

距離は2メートルほど、カバの大きさも、それくらいあった。グレーとピンク色のまだらの体には、小さな傷が無数に走っていて、それ自体で、ひとつの大きな大陸のようだった。

カバの近くには、小さなカバがいた。定は、息を止めた。

子供といる野生動物が危険なことは、父から聞いていたのだ。

もし遭遇した場合は、急に動かず、気配を消しながら、ゆっくり後ずさりすること、それも覚えていた。だが10歳の定、生命力に溢れたその体では、気配を消すことがどれほど困難なことかを、まだ知らなかった。

定が後ずさりしようと思ったとき、母親がこちらを向いた。どろりと毀《こぼ》れそうな赤い目が、はっきり、定を捉えた。

栄蔵は、ふらふらと歩いて行った定に気づいていた。

時々定が、自分から離れ、ひとりで何かを発見したり、何かに驚いたりしているのが、栄蔵は嬉しかった。それは成長、つまり自分から定が離れてゆくという予感だったが、定の純粋な好奇心は、何より自分の娘である証のような気がして、だから栄蔵が定を止めることは、なかった。

定は葦の茂みにいる。栄蔵はそう思っていた。風のない風景の中、遠く川の近くにある葦が、ふわふわと揺れていたからだ。

ガイドがそれを見つけ、川にはカバがいるから気をつけなくてはいけない、と言った数秒後だった。定が飛び出してきた。定は、真っ白い顔をしていて、栄蔵ははからずも、そこに多恵の面影を見たのだった。

定のすぐ後ろから、大きく口を開けたカバが、獰猛《どうもう》に唸《うな》りながら飛び出してきた。

ガイドは大声で叫び、ライフルを出したが、栄蔵がそれを止めた。
定の走りが、あまりに見事だったのである。
定はぬかるみを蹴散らし、みるみるうちにカバを引き離した。
定は走りながら、自分の体がどうしてこれほど自分の言うことを聞くのかを、不思議に思ってい
た。徒競走でも、マラソン大会でも、定の体は言うことを聞いてくれなかった。イメージしている
動きを、定の足は絶対にしてくれず、それどころか、もう一本の足と喧嘩《けんか》して、定を転ばせること
もあった。
だがそのとき、定の足は、定が想像する速度、想像する幅で、動いた。
筋肉が躍動し、このまま、飛べるのではないかとさえ思った。
カバはしばらく怒り猛《たけ》っていたが、定が速やかに視界から消えるのを見て、追いかけてくるのを
やめた。そしてしばらく、足踏みをしてこちらを威嚇《いかく》していたが、やがて葦の茂みに消え、わが子
を守りに戻ったのだった。
定は、栄蔵が広げた手の中に、ゴールをした短距離選手のように飛び込んだ。
心臓が早鐘のように打ち、躍動していた筋肉は、ぶちぶちと音を立ててちぎれた。定はほとんど
白目になっていたが、それが恐怖からくるものではなく、自分の体を思うまま使いこなしたことに
よる快感からくるものであることを、栄蔵は分かっていた。
定の目は、あの頃のように白く裏返ることはなかったが、定の体は、軽かった。病院から駅に向
かう道を、定は全速力で走った。

定を追う母カバは、もういなかったが、定はもっと大きなもの、とても邪悪な何かに、追いかけられているような気持ちだった。


水森ヨシから、定宛に手紙が届いたのは、3週間ほど経ってからだった。

ヨシは、死体遺棄《いき》の罪で勾留《こうりゅう》され、取り調べ中であった。

やはり、原稿は水森ヨシが書いていた。ヨシは、そのことを丁寧に詫《わ》びていた。

死んだ夫になりかわり、原稿を書いていた妻のことは、一躍センセーショナルな話題になった。中には、水森康人に嫉妬したヨシが、夫を殺し、自ら作家になりかわったのではないか、そう噂する者までいた。

定は、読者やマスコミの対応に追われた。

篝や編集長が、暑さと一連の騒動のため、げっそりと痩せた定を気遣い、休んだほうがいいと言った。だが、定はいつものように、誰より早く出社し、仕事をこなし、合間に悦子を見舞った。

悦子の腎臓癌は、骨とリンパに転移していた。悦子は、抗がん剤治療に始まる、すべての延命治療を拒んだ。定はそのことに関して、何も言わなかった。ニジェール川のあのときのように、走り出したくなる気持ちを、懸命に、抑えただけだった。

そんな最中、また之賀さいこから、メールが届いた。


『晴れすぎ。』

よほど、切羽つまった状況なのだろう。

定の行く先は、もちろん屋上だった。

ホワイトボードに『屋上』と書く定を、もう、誰も驚いた目で見ることはなかった。

水森康人の一連のことに関し、うろたえることなく、てきぱきと対応してゆく定を、今や編集部一同、心から尊敬していた。確かに定はロボットのようではあるが、自分が定の立場だったら、あれほど冷静に、愚痴ひとつこぼさず、仕事をこなすことが出来ただろうか。皆は、定が同じ部署で本当に良かった、と思った。もちろん定は、皆のそのような気持ちには、まったく気付かずにいた。

屋上に通じる扉を開けると、太陽の光が、定の顔を刺した。

暑い。

近くにある私立の中学校から、ブラスバンドの音が聞こえる。夏休み中の練習だろう。プールからは、水しぶきと、笛の音がし、運動場からは、野球部員だろうか、おーい、おーい、というかけ声が聞こえた。

定は、遠いビルにあるお稲荷さんに挨拶をしてから、はしごに向かった。

雨が降っていないので、梯子《はしご》は乾き、上りやすかった。上るたび、きゅ、きゅ、と、音がする。

ほんの数十センチの上昇なのに、太陽の力が、いや増すような気がした。

まず、その場に座るのが困難だった。太陽熱で、タンクは熱を帯び、掌をつくと、じゅう、と音がしそうだ。特に、黒いパンツがいけなかった。それは太陽の光を集め、吸収し、みるみるうちに温度を上げるのだった。なんとかあぐらをかくと、すでに定の服は汗でびしょびしょになった。目を開けるのも困難な状態で、定は、大きく天空に手を伸ばした。両の手にさえぎられて、それでも太陽は指の間から、容赦なく定を刺した。

世界中、どこにでも、このような太陽があった。

あるときは牛の死骸を干からびさせ、あるときは定の首に大きな火傷を作り、あるときは栄蔵の毛髪から煙を上げ、なのに何故か、太陽からは、意思の気配を感じないのだった。目的も意思もなく、ただそこにあるだけのもの、だからこそ余計に強大な力を持つもののように、思うのだった。そして、こんな強大なものに抗《あらが》おうとする自分たち人間を、定は時折哀れに思い、だが大抵は、頼もしく思った。

定は息を吸い、言いなれた雨乞いの呪文を、唱え始めた。

「ウルピ、ソンコ、パラ、ワキン！」

そのとき、大きな音を立てて、屋上の扉が開く音が聞こえた。そして同時に、わ、と、女が泣く声が。

定は、呪文を唱えるのをやめた。

女の泣き声が、あまりに大きく、切羽つまっていたからだ。おおおおう、おおおう、と、コヨーテが仲間を呼ぶときのような声で、女は泣いていた。

屋上の高みから覗くと、ひとりの女がくずおれていた。掌で顔を覆い、まさに、号泣している。定がいることに、気付いていないのだろう。栗色《くりいろ》の髪はつやつやと光り、真上から指す太陽のせいか、影はほとんど見えない。

「あの、」

定が声をかけると、女はびくっと体を震わせ、こちらを見た。小暮しずくだった。

「鳴木戸さん……。」

驚いたのは、定も同じだった。

「小暮さん。」

定は、雨乞いの儀式をすみやかに忘れ、はしごを下りた。小暮しずくはさっと立ちあがり、初め、ほとんど憎むように定を睨んでいたが、定が近くまで行くと、また泣き出した。

「小暮さん。」

「おおおおおおう、おおおおおおおおおううっ！」

小暮しずくは、立ったまま、大声をあげて泣いた。そのことに、驚いている暇はなかった。小暮しずくの目は、涙と共に地面に零《こぼ》れ落ちそうになっていて、鼻の頭には無数の皺、への字にひねられた唇と八の字の眉毛は、それだけでひとつひとつが生き物のように、動いた。

「おおおおおおおおおうっ！」

このような小暮しずくを、定は初めて見た。

「小暮さん。」

泣いている人を慰める術を、定は知らなかった。こういうとき、悦子がいれば、と思い、思った瞬間、定の足は、走りたい、と、定に訴えた。だが定は、その場を動かなかった。小暮しずくの泣き顔を見続けるということで、悲しみを引き受けようとした。目も、鼻も、唇も、眉毛も、絶対に小暮しずくの顔に置いたまま、じっと、見続けようと思った。

小暮しずくは、10分間ほど泣き続けた。

小暮しずくは、淡い桃色のワンピースを着ていたが、そういえば定は、彼女の着ているものを、今初めて、はっきりと見たのだった。いつも定は、小暮しずくの顔しか、見ていなかったのだ。

小暮しずく越しに見える空は、セルリアンブルーの絵の具を溶かしたように青く、雲がひとつも見当たらなかった。時折白い鳥がすぐそばを旋回していたが、それが何の鳥かは分からなかった。

やがて泣きやんだ小暮しずくは、小さな声で、ごめんなさい、と言った。鼻が赤く、化粧が取れて、目の周りが真っ黒になっていたが、それはいつもの、小暮しずくの顔だった。

「謝ることなどありません。大丈夫ですか。」

「はい。ごめんなさい。」

「では。」

「え！」

定は、雨乞いの儀式を再開しようと、その場を離れた。

「何でしょうか。」

「あの、泣いた理由は聞かないんですか。」

小暮しずくが、呆然《ぼうぜん》とした面持ちで、定を見ている。

「私のような者が、聞いてよろしいのでしょうか。」

「私のような者がって……、鳴木戸さんは、私の先輩ですし……。」

「聞いていいのですね。」

「はい。」

「では、何故、泣いていらしたんですか。」

「……なんか、すごく話しにくいです。」

「無理してお話しにならなくても、大丈夫ですよ。」

「いえ、内容が話しにくいのではなく……。」

「といいますと？」

「……あの、ベンチに座りませんか。」

小暮しずくが指さした先に、青いベンチが置いてあった。そのベンチで長話をしている女性編集者の姿などを、定も見たことがあった。

「なるほど。」

定がベンチに向かうと、小暮しずくは、何故か反対方向へ歩きだした。やはり、話すのをためらっているのか、と思っていると、小暮しずくは、屋上に設置してある自動販売機に向かい、何かを買っているようだった。そういえば、あのベンチで長話をしている女性編集者たちは、手に手に、何らかの飲み物を持っていた。

ベンチで話をするときには、飲み物が必要なのだ。定は思った。

「なるほど。」

小暮しずくは、冷たいお茶をふたつ持ってきた。

「小暮さん、これはまさか、」

「鳴木戸さんの分です。お茶で良かったですよね。」

「恐縮です。」

受け取ったお茶は冷たく、綺麗な緑色をしていた。小暮しずくは、ベンチに座ると、

「あっちぃ！」

と叫んだ。確かに陰のないこの場所にも、焼けるような熱さは停滞していた。

「鳴木戸さん、熱くないんですか……？」

「熱いですね。」

だが、定は、先ほどまでフライパンのように温められたコンクリートに、あぐらをかいていたのだ。

「ハンカチとか、敷きます？」

「大丈夫です。小暮さんは大丈夫ですか。」

「日に焼けちゃうけど……、座りましょうと言ったのは私だし……。」

小暮しずくは、ワンピースのポケットから、同じように淡い桃色のハンカチを出し、ベンチに敷いた。このハンカチで、先ほど涙を拭《ふ》かなかったことを、定は不思議に思った。

「敷いても、熱い……。」

小暮しずくにもらったお茶は、冷えていて、とても美味しかった。お金は後で払います、と言っ

た定に、小暮は何度も頭を振った。そして、その動作が、段々大きなものになっていった。

「小暮さん。」

今や小暮しずくの首は、ぶるん、ぶるん、と、音がしそうだった。振りまわされた髪からは良い香りがしたが、小暮しずくが尋常ではないことは、定にも分かった。

「あー！！！」

急に回転をやめ、そう叫んだ小暮しずくを、定はじっと見た。横顔である。上まつ毛がくるりとカールし、下のまつ毛の先あたりから、鼻筋がすうっ、と、伸びている。

「あーーーーー！！」

小暮しずくは、もう一度叫んだ。定は何も言わず、お茶を飲みながら、小暮しずくの横顔を、見つづけた。

「クソな男に。」

小暮しずくは、急にこちらを向いた。リスに似た、大きな、黒目がちの目だ。いつもの、小暮しずくの顔だ。

「はい。」

「振られてしまって。」

「振られたというのは？」

「振られたんです。そのまんま、しかもメールで。」

「メールで。」

「前から、二股かけてるのは知ってたんです。いよいよ腹が立って、どっちにするか決めて、て言ってたら、さっきメールが来て、もうひとりのほうを取る、て。」

「二股を。」

「ていうか、元々向こうには彼女がいて、私とは後から会ったんですけど、会ったときから、もう、私に夢中になって、ガンガン押してきたくせに、いざ私が彼を好きになったら、なんか急に彼女に悪い、て言いだして。クソでしょ？」

「くそ。」

「本当にクソ。彼女とは6年続いてるって言ってて、あたし1回写メ見ちゃったんですよね。全然可愛くなくて。仕事も、なんだっけ、薬局？　かなんかで働いてて、すごい地味で。」

「地味。」

「超地味。」

「ちょうじみ。」

小暮しずくは、そのとき初めて、お茶を飲んだ。定が驚いたように、小暮しずくも、冷たさと美味しさに、驚いたようだった。

「でも、やっぱり彼女は見捨てられない、て。メールでですよ。」

「メールで。」

「そう、メール。クソでしょう？」

「くそ。」

小暮しずくは、取れたマスカラを指で拭《ぬぐ》って、定を見た。定も、小暮しずくを見た。何か言わなければ、と思った。

「小暮さんのような、美しい方を振るとは、贅沢な男性ですね。」

「鳴木戸さん。」

「はい。」

「本当にそう思ってますか。」

「はい。」

「本当に？」

「あ、いえ。私は、正直言って、そのような恋愛のことは、分からないんです。恋愛だけでなく、人間と人間の心の機微《きび》というものが、よく、分からないんです。」

「……。」

「すみません。」

「誰かを、好きになったことはないんですか。」

「恋愛感情としてですか。」

「はい。守口さんとか？」

「前も申し上げましたが、守口さんのことは好きです。でも、男女間のそのような感情ではありません。私は、担当編集者として、守口廃尊さんという作家のことが好きなのです。」

「じゃあ、今まで一度も、恋愛したことがないんですか。」

「はい。」

「じゃあ、処女？」

「はい。」

「……。」

小暮しずくの額から頬を、汗が伝った。それは太陽を反射して、やけに光った。

「今の私には、そのほうが羨《うらや》ましいです。」

「私がですか。」

「はい。恋愛とか、もう、嫌です。私、恋愛でいい思いしてきたことないんです。今回みたいなことばっかりで。正直、不倫もしたし。でも結局いつも、私じゃない女の人にいってしまうんです。それだったら、鳴木戸さんみたいに、誰も好きにならないほうがいい。」

定は、小暮しずくの顔を、じっと見た。小暮しずくは、目を逸らさずに、定を見返してきた。嘘をついている目ではない、と、定は思った。

「これは、本当に、思うのですが、小暮さんのような美しい方が、恋愛で辛い思いをなさっているということが、私には不思議に思えるのですが。」

「正直、私も自分で自分のこと、美人だって思います。小さな頃から、そう言われてきたし、ちやほやされてきました。でも、大人になればなるほど、そのことで得をしているなんて、思わないようになってきたんです。恋愛しても、変に遠慮されたり、結局顔しか見てない人たちだったり、仕事もそうです。私は純粋に編集者になりたかったのに、この顔のせいで、こんな美人なあたしがあえて裏方ってすごいでしょ、みたいに思われる。」

「誰かにそう、言われたのですか。」

「いいえ。言われてないです、でも、そう思うんです。いい仕事をしても、どうせ顔で取ったんだろうみたいな。」

「お話の腰を折ってすみません。顔で取る、とは？」

「私の顔が綺麗だから、作家が、優先して私に原稿を書いてくれた、ていうことです。」

「そうなんですか。」

「もしそうだとしても、私に責任はないですよね。私は、ただ、綺麗な顔に生まれただけなんです。」

美しすぎる、と言われる人にも、様々な悩みがあるのだな、と、定は思った。

「では、小暮さんは、違う顔になりたかったですか。」

「え。」

「今の自分と、まったく違う顔、なんていうか、小暮さんのような顔ではなく、そう、例えば、私のような顔になりたかったですか。」

「……私のような、て、あの、鳴木戸さんは、か、わいいですよ、あの、なんていうか、個性的な。」

「では、なりたいですか。私と小暮さんの顔を、取り替えてみますか。」

小暮しずくは、じっと、定の顔を見た。それはやはり、リスのようで、定はまた、小暮しずくの着ているもののことを、忘れてしまうのだった。定は、自分の顔から、眉毛、鼻、唇を取り外した。目だけは、そのままだった。目をはずしてしまうと、小暮しずくの顔を、うまく見ることが出来ないのだ。

小暮しずくは、しばらく小刻みに震えていた。だが、やがて、

「あの、すみません。私は、私の顔がいいです。」

そう言った。

「なるほど。」

定のパーツは、たちまち、定の顔に戻って来た。ぱちりとはまって、とても、嬉しそうだった。

「私も、そうです。」

定がそう言うと、小暮しずくは、

「私は、私の顔がいいです。」

と、もう一度、言った。とても良い声だった。

「鳴木戸さん、大丈夫なんですか、水森先生のこと。」

「ええ、もう、だいぶ落ち着きました。」

「結局あの原稿って、奥さんが書いてたんですよね。」

「そうです。」

「そうですか……。」

「ヨシさんは、奥さまは、水森先生のことを、とても、とても愛してらしたんだと思います。」

「……。」

「私は、恋愛のことや、夫婦のことは分かりませんが、ヨシさんが、水森先生のことを愛していらしたこと、その感情は、何故か、分かる気がします。」

「そうですか。」

「はい。」

「私も、そんな風に誰かを愛せたらいいのに。」

「小暮さんが?」

「はい。結局私って、自分のことが可愛いんですよね。さっき、鳴木戸さんと顔を取りかえるのは嫌だって思って、あの、それって、鳴木戸さんの顔が嫌とかそういうことではなくて、私はやっぱり、私がいいんです。他の誰かに変わりたいんじゃない。ただ、この私、私そのものを、愛してくれる人がいて、そして、私も愛せたら、そんな素敵なことはない、と思うんです。」

「小暮さんそのものとは、どういうことですか。」

「え。」

「小暮さんそのものとは、どういうことなのでしょうか。」

「いや、だから、私の顔とか容姿だけではなくて、本当の私のことです。」

「本当の私……。ということは、小暮さんの顔や容姿は、本当の小暮さんではないのですか。」

「……そういうわけではないですけど、それがすべてではないですよね。」

「すべてではない、そうですね。でも、小暮さんは、顔や容姿、そして、小暮さんのおっしゃる本当の小暮さんを含めて、小暮さんですよね。」

「……まあ、そうですね。」

「ですが、例えば私にとって、こうやって今私と話をしている小暮さんが、すべての小暮さんなのです。」

「はあ……。」

「小暮さんが、おひとりでいらっしゃるときや、その、さきほどおっしゃった糞《くそ》の方といらっしゃるときのことを、私は知りません。私が知っているのは、この編集部で働き、今こうやって、私と話をしてくれている小暮さんです。それがすべてなんです。」

「……はい、分かります。なるほど、ええ、だから、私そのもの、すべての私を誰かに分かってもらうのは、難しいということですね。」

小暮しずくは、わずかに目を伏せた。密生したまつげが、小暮しずくの頬に、影を作った。

「小暮さんがお望みであれば、私が言うのもなんですが、きっと、きっと、小暮さんのすべてを愛する男性は、現れると思います。」

「そうでしょうか。」

「はい。いいえ、分かりません。すみません。」

「鳴木戸さんは、正直ですね。」

そのとき、小暮しずくの携帯電話が鳴った。すみません、と断り、小暮しずくは、携帯電話を開いたが、一読して、すぐに閉じた。

「クソ男からでした。」

「糞。そうですか。」

「本当にごめん、ですって。」

「そうですか。」

「本当にクソだ。あー、なんでこんな晴れてるんですかね。焼ける。」

「そうですね。」

「今の私の気分なら、雨降ってるほうが合ってるのに。雷とか鳴って、空が割れて、ざあざあ雨が降ってくるほうが、しっくりくるのに。馬鹿みたいに、晴れて。」

「本当に、そうですね。」

きい、と扉が開き、男がひとり顔を出した。ベンチに、小暮しずくと鳴木戸定、という、社内のふたりの有名人がいるのを見て、驚いたようだった。

小暮しずくは、定のほうを見て、何故か、笑った。

定のお腹《なか》のあたりが、むずむずとした。

そのとき、ぽつ、と、一滴、小暮しずくの顔に、水がかかった。と、思うと、あっという間に空が暗くなって、そして、大粒の、雨が降って来た。

「わあ！」

「小暮さん、本当に降りましたね。」

「すごい！」

小暮しずくは、大声で笑った。

化粧は先程の涙でほとんど落ちていたが、大粒の雨で、とうとう、すっかりはげてしまったようだった。肌色のしずくが首筋を伝い、そのまま、小暮しずくのワンピースを汚した。それでも、小暮しずくは、立とうとしなかったし、定もそうだった。

（きっとさいこさんは、この雨は私が降らしたとお思いになるだろう。そうではない、と伝えなければ。）

だからといって、小暮しずくがこの雨を降らしたと言えば、話がややこしくなる気がした。

定は、こうやって「話がややこしくなる」ことが、成人してから増えたように思った。

今のように雨が降ったら、体を洗ったことにしようと、自分を甘やかしていた旅の頃が、定は懐かしかった。父からは、いつも、何かの濃い匂いがしていた。それは日本では嗅いだことのない匂いで、時折それが、自分の体からも匂ってくることが、定は嬉しかった。

「ちょっと、やばいくらい降ってきましたね！」

小暮しずくが、叫んだ。小暮しずくは、相変わらず笑っている。泣いているときには、涙と共に落ちてしまいそうだった瞳は、今しっかりと、小暮しずくの顔にしがみついている。

「小暮さんは、すごいですね。」

「は？　何がですか。」

言うと、ややこしくなるか、と思った。だが定は、言わずにいられなかった。

「呪文を唱えずに、雨を降らせたのです。」

小暮しずくは、瞬間、不思議そうな顔をしたが、何かを思い出したような顔になり、言った。

「鳴木戸さん。これが、恋した女の、パワーです。」

扉を開けた男は、雨に濡れ続けているふたりを、じっと見ていた。

「恋をした女性というのは、とても、強いのですね。」

定は、小暮しずくの言葉に、何かを摑まれた。

こんなに大粒の、雨を降らせるなんて。

急激に体が冷やされてゆくのを感じながら、定は父を思い、そして一方で、水森ヨシのことを、考えていた。

『　鳴木戸　定さま

前略　お元気でいらっしゃいますでしょうか。

この度は、このような厄介事に、鳴木戸さまを巻き込んでしまって、大変心苦しく思っております。弁護士の方から、鳴木戸さまが、水森の原稿の件に関して、読者の方や、マスコミの方に、速やかにご対応くださったとの旨、おうかがい致しました。

本当に、なんとお礼と、お詫びを申し上げてよいか分かりません。

そして、少なからず、鳴木戸さまを騙《だま》していたような結果になってしまったことも、深く、深く、謝罪しなければなりません。

お察しの通り、私は今、自由の利かない身の上でございますので、直接お会いして、お詫びすることは叶いません。ですが、毎日、鳴木戸さまのことを思っております。手を合わせております。

水森と私は、水森が作家になる前から、夫婦でございました。

当時、水森は学生で、文学を愛しておりました。いつも分厚い本を抱え、眼鏡を持ちあげながら、むさぼるように読書をしている姿が、強く印象に残っております。いつか、自分でも小説を書き、その小説を活字にすることが、水森の夢でございました。私は、水森がどれほど書きたいという欲求を持っていたか、ずっと見てまいりました。ですから、水森の書くものが出版されたときは、わがことのように嬉しく、それこそ、天にも昇る思いでございました。そのとき、尚《なお》強い気持ちで、これから一生、作家水森を支えようと、決意したのでございます。

私は同時に、いち人間として、水森のことを愛しておりました。その想《おも》いは、年月を追うごとに強くなりました。私は、水森の、顔も、体も、話す声も、吐く息も、思いつく限り、水森康人を形成しているすべてを、慕っておりました。

水森が書いていた、女性達との睦言ですが、あれは、実はすべて、私としていたことでございます。老人同士の戯《たわむ》れに、不快な思いをなさるでしょうか。いいえ、私が水森から聞いていた鳴木戸さまは、決してそのことで私達を愚弄《ぐろう》したり、蔑《さげす》んだりするような方ではございません。

私と水森は、夫婦です。

二十歳の娘と、というときは、水森は私のことを二十歳の娘と思い、双子の女性と、というときは、水森は、私がふたりいると思っておりました。水森の愛し方は、私が水森を思う愛し方とは違っていたかもしれませんが、水森が触れる体が、私の体である限り、私は幸せでございました。

水森は、1年ほど前から体調芳《かんば》しくなく、執筆が出来ない状態でございました。鳴木戸さまには、口述筆記をしているとお伝えしましたが、実は、その口述筆記でさえ、ままならず、水森は、支離滅裂なことを言ったり、先ほどまで言っていた文章を、すぐに忘れるというありさまでございました。それでも、書きたいという炎が水森の心から消えることはなく、そのことがひしひしと分かるので、私は一層、辛い思いをいたしました。

いつの頃からか、水森が言ったことをそのまま書くのではなく、水森が言ったであろうこと、言いたいであろうことを、予想して書くようになりました。それは私の傲慢《ごうまん》であったかもしれません。ですが、水森康人の一番の読者は私である、との自負を胸に、書き続けてまいりました。結果的に、水森は何かを話すことさえ出来ない状況になり、私は当然のように、水森の代わりに原稿を書きました。

すると、どうしたことでしょう。楽しかったのです。

水森康人として原稿を書いているのだから、私自身が楽しいと思うことは、間違っておりますでしょうか。ですが私は、楽しかった。私はいつしか、水森康人になりました。健康だった頃の水森康人になって、世界とつながっていました。

私が原稿を書いていたことを、水森がどう思っていたのかは分かりません。水森は、意思表示をすることさえ、出来なくなっていました。

水森が死んだとき、私は同時に、水森に愛されていた自分の体も死んでしまったように思いました。水森の死は、安らかなものではありましたが、私自身の死は、壮絶でした。死にたくない、と、叫んでおりました。

私は、水森が亡くなったことを秘密にして、原稿を書き続けました。水森の原稿が、世に出ている限り、水森は死なず、私の肉体も死なないと思ったのでございます。

私はあまりに傲慢な女です。水森に愛されていた過去を失うことが恐かった。それを「思い出」として胸に秘め、静かに余生を送ることが、出来ませんでした。

私は毎晩、水森のそばで眠りました。裸になり、水森に寄り添って眠りました。水森の体は、少しずつ腐っていきましたが、水森の原稿は、何枚でも出来あがってゆきました。水森は、生きていました。

この手紙をもし、他の誰かに読まれたら、きっと私は、頭がおかしい婆《ばあ》さんだと思われるでしょうね。いいえ、読まれなくとも、腐ってゆく自分の夫と半年を過ごした女として、私はすでに、おかしな婆さんだと、思われていることでしょう。テレビで散々報道されていたことも、知っています。そのうえ、私がこのような思いでいることなど知れたら。

ですが、鳴木戸さま。あなたには、知っていてほしかった。あなたならきっと、私のことを、頭のおかしな婆さんだと片付けることはないと、思うのです。

いつだったか、水森が、あなたの裸を見たいと申し上げたことがありました。水森のことですから、失礼な言い草であったのだろうと思います。ですが水森が、すでに光を失っていたことは、お伝えしましたね。

水森は、あなたの心の内にある純粋を見たかったのです。

鳴木戸さまもご存じのことでしょうが、水森は、あなたが鳴木戸栄蔵さんのご令嬢であるということを、大変重要なことだと思っておりました。

私達は、生前の鳴木戸栄蔵さんに、一度だけお会いしたことがあります。当時彼は、40歳を過ぎていましたが、私達にとっては、生気に溢れたひとりの若者のように見えました。彼の書くものは本当に自由でした。水森はその文章を愛しましたし、私もそうでした。

後に、彼が結婚したことに驚きましたし、それ以上に、子供を持たれたことに、大変驚きました。ですが、そこはやはり、鳴木戸栄蔵であったと、水森は申しておりました。

鳴木戸栄蔵は、鳴木戸栄蔵のやり方で、子供を愛していたと、会わずとも分かると、申しておりました。彼らは作家同士でした。

『大河紀行』の一連のことで、鳴木戸栄蔵さんが糾弾されたこと、それ以上に、ご令嬢であるあなたが大変な思いをなさったことは、推《お》して知っていました。鳴木戸栄蔵さんが、あのような形で亡くなられ、あなたがどのような思いで、今まで過ごして来られたのか、そう、心を痛めておりました。

ですが、十数年後に会ったあなたは、産まれたばかりの星のように清らかであったと、水森は申しておりました。ひとりの作家の、それ以前にひとりの男の生きた証が、輝かしい証がそこにあったと。

水森と私には、子供がおりません。そのことも、水森の心を動かした何らかの原因でもあると思います。

水森は、あなたの裸を見たい、と言いながら、そこから透けて見える、鳴木戸栄蔵個人を、見たかったのだと思います。そしてそれが、きらきらと輝く、まるで朝露のような純粋であったことに感銘《かんめい》を受け、やはり書きたいという己の欲求を、たくましく育てたのだと思います。

言葉を発することはままなりませんでしたが、最後の編集者が鳴木戸さまであったこと、きっと水森は感謝していることと思います。私も、そうでございます。

おそらく、私が鳴木戸さまにお会いするのは、叶わないことと存じます。

ですが、冒頭でも申し上げました通り、毎日、鳴木戸さまのことを思っております。手を合わせております。

つまらぬことを長々と書きあげ、読み返すのも恥ずかしいことでございます。どうか乱文お許しください。そして、お笑いください。

水森康人はこの世にもうおりませんが、私の体の一部として、今もここで、筆を取っております。鳴木戸さまにおかれましては、どうかお体ご自愛くださり、これからも、きらきらした私たちの純粋で、あり続けてくださいませ。　草々』

胸が苦しい、と思っていたら、定の乳房が、大きくなっていた。

ヨシの姿を、毎日、毎日、思い続けたからだ。腐ってゆく水森康人に、裸の体をぴたりとつけて眠っていた、ヨシの姿を。

守口が、再入院を余儀なくされた。

ロビーで出逢った翌日には病院を飛び出し、試合に出た守口だったが、また倒れ、同じ病院に担ぎ込まれたのだ。

「最近、大人に怒られることなかったよう。新日入ったときも、あそこまで怒られなかったもんなぁ。」

守口は、担当医師に、散々罵倒《ばとう》されたらしい。検査も済んでいないのに病院を飛び出し、挙句ハードな試合に出て、左肩を脱臼《だっきゅう》までしてきたのだ。

「肩は大丈夫なんですか。」

「ああ大丈夫だよ、癖になってるから、おいら自分で肩入れれるんだから。」

守口の病棟は、悦子の病棟よりも新しく、清潔だった。病院があまりに広いので、うっかりしていると、定は悦子の病室から守口の病室に行く際に、迷うことがあった。

悦子に、担当作家が同じ病院に入院していると言うと、悦子は定にみかんや林檎《りんご》や、見舞いの菓子を必ず手渡すようになった。

「テーもご挨拶に行きたいのだけど、この格好じゃねぇ。」

「テーはゆっくり休んでたらいい。」

悦子の腎臓は、今のところ、小康状態を保っているようだった。

悦子は抗がん剤治療を拒んだので、すぐに退院出来ると思っていたようなのだが、諸々の検査と養生のため、しばらく入院を続けてほしいと、医師に言われたのだった。真紀は、夫の赴任先から東京に戻り、悦子と一緒に暮らす準備を始める、と言っていた。

「おいらよりも、乳母は元気なのかよう。」

「はい、あと4日ほどで退院するそうです。」

「乳母かぁ。すげぇなぁ。」

守口には、悦子が抗がん剤治療を拒んだことを言わなかった。

「最近の医学はすげぇのなぁ。癌をやっつけちまうんだから。猪木さんみたいだ。」

守口は、ベッドに窮屈そうに横になっていた。

悦子と同じ6人部屋、同室の患者は守口も含めて5人いたが、守口の隣は空いていた。守口は窓際、構造として悦子とまったく同じ場所にいたが、窓から見える景色が違った。ここからは、病院の裏手の庭が見える。プラタナスだろうか、大きな木が数本植えられていて、青葉が、恥ずかしがっているように、揺れていた。

「守口さん。」

「なんだよう。」

「肩は大丈夫だとお聞きしましたが、意識を失った原因は。」

「ああ。頭の裏の血管が曲がってるらしいんだ。」

「曲がっているというのは、どういうことですか。」

「しらねぇよ、曲がってるんだってよう。鉤《かぎ》みてぇに。その曲がってる部分が細くなってるから、血管が詰まりやすくなってるんだ。ストロー曲げたら飲みづらいでしょ、とか言いやがったあの医者。おいらストローつかわねぇよ、なぁ。」

「はい。守口さんはいつもホットをお飲みになりますものね。」

定は、ホットコーヒーを、一気に飲んでいた守口の姿を思い出した。数週間前のことなのに、随分昔のことのように思った。

「ストローって何だよありゃ。何のために必要なんだよ。」

「そうですね、ストローがなくても飲めますものね。」

「うわ、そもそもストローって何だ。うわ、うわ、ストローって、気色悪《わり》ぃよ。すとろー。変だ、あれ、ストローで合ってる？　すとろー？」

「ゲシュタルト崩壊ですね。ストローで合っていますよ。」

「すとろー。」

「ストロー。」

守口は左手で、頭をがしがしとこすった。金髪の下から、黒い毛が生えてきている。ガングリオンは、まだ大きく居座っているようだ。自分で潰すと言っていたが、こんなに大きいものも、潰せるのだろうか。

「守口さん。」

「なんだよう。」

「それは、何かに支障があるのでしょうか。」

「すとろーが？」

「いいえ。血管が曲がっていることです。」

「脳梗塞《のうこうそく》になる可能性が高いっつうのと、あとなんだかんだってよう。意識失うときのことも後のことも覚えてねんだ。試合近辺のこと、ここに運ばれたこと、まるまる全部。」

「全部ですか。」

「うん。でもまあ、今回だけじゃなくて、試合のこと覚えてねぇってことは、よくあるんだ。興奮しちまってるからよう。」

「そうなのですね。」

無意識だろうか、守口は左手首のガングリオンを、ぐりぐりと指で押していた。

「これから、プロレスはしてもいいのですか。」

「するよ。」

「しても、いいのですか。」

「だめだってよう。でもするよ。」

プラタナスの葉が、ずっと揺れている。葉と葉がこすれる音がする。悦子にも、この音を聞かせてやりたいと、定は思う。悦子の部屋からは、隣の病棟しか見えないのだ。

「いつまで入院されるんですか。」

「なんか薬打ってんだよう、それ終わったらだな。試合三つも欠場しちまってるしよう。」

「また、医者に怒られませんか。」

「怒られるよう、なんであんなに大人に怒られなきゃなんねぇんだ。」

守口は、ごぼ、と、痰《たん》のからんだ咳をした。

「これは俺の体だぞ。」

定は、俺の体、と、心の中で呟いてみた。その言葉は、思いがけず定の胸を打った。何か言おうとしたそのとき、携帯電話が震えた。

「すみません。」

「いいよ、いいよう、出ろよ。」

見なくても分かった。『武智次郎　白杖の男性』である。定は携帯電話を握ったまま、じっとしていた。

「なんだよ、出ねぇのかよ。」

「はい。」

「またかよ。」

「はい。」

「なんで。」

「何を話して良いのか、分からないのです。」

守口は、ぶぶぶ、と震える定の携帯電話を、じっと見た。定の手の中で、何かに助けを求めているようだった。振動が定の手を伝い、腕を登って、腋に届いた。きちんと剃りあげた、定の青い腋は、誰も見たことがない。

「言葉を使うのが怖いときってあるよ。」

守口が言った。『武智次郎　白杖の男性』が、ずっと明滅している。

「その言葉がすべてになっちまうんだから。」

守口は、もう一度、ごぼ、と、咳をした。


定は度々、武智次郎の夢を見る。

武智次郎は、定の体を隈《くま》なく触り、撫でていた。夢の中の定は、目をつむっているのだが、定の体を触る武智次郎のことは、何故かはっきり見えている。時折何かをささやくが、何を言っているのかは、分からない。

武智次郎の手は、4本も5本もあるように、定の体を撫でた。定は段々、奇妙な気持ちになってくる。気持ちいいような、悪いような、甘やかされているような、意地悪をされているような。

とうとう、我慢出来ずに目を開けると、武智次郎の声が、はっきり聞こえるのだ。

「先っちょだけ。」

そこで、いつも目が覚めた。

定は自分が、武智次郎のことをどう思っているのか、分からなかった。

定は恋愛も、友情も知らない。人を想うのは、どういう感情であるのか、なぞることが出来なかった。

ただ、電話が鳴ると、武智次郎からか、と思い、案の定そうであっても、出ることが出来なくなった。体が固まってしまったように、じっとしている。そしてその間、ほとんど息をしていないことに、定は、気づいていなかった。

定は、小暮しずくとたびたび話すようになった。

話すのは、大概、屋上だった。

定がこれほど長い時間、年齢の近い同性と話をするなど、今までにないことだった。

小暮しずくは、よく話したし、定にもいろいろなことを聞いてきた。そのどれもが、他愛《たわい》ないことと、ケーキなら何が好きか、とか、犬派か猫派か、とか、ブラジャーは何回つけたら洗うか、とか、そういうことだった。

定は、どの質問にも、正直に、丁寧に答えたが、小暮しずくは、へえ、とか、まじですかー、などと言い、実際あまり、聞いていないようだった。

だがその、ふわふわと実態のない会話は、定の腹を柔らかく動かし、そして結局は、じわりと温めるのだった。

「鳴木戸さんて、毎日同じもの食べますよね。昆布のおにぎり、飽きません?」

「飽きる、そのことは考えたことがありませんでした。」

「他に食べたいとか思わないんですか。」

「そうですね。でも、明日は違うものを食べてみます。」

「そうですよー、ツナマヨとか超美味しいのに。」

「ツナマヨ。」

「そう、ツナマヨ。」

「つなまよ、つなまよで合っていますか。つなまよ？　つなまよ？」

「何言ってるんですか、受ける。ツナマヨですよ、合ってますよ！」

「良かったです。」

「受けるわー。」

小暮しずくは、よく笑った。編集部内で、小暮しずくがここまで笑うのを、定は見たことがなかった。そして今日の小暮しずくは、白い綿のパンツに、濃いグレーのブラウスを着ているのだった。定の中で、小暮しずくの「すべて」が、どんどん拡大してゆく。点でしかなかった小暮しずくが、線になり、面になるのだ。

「なんか昨日、変な夢見て。」

「どんな夢ですか。」

「すごい大きな野球場があって、私は高台っていうか、河川敷みたいなとこからそれを見てるんですけど、野球やってる人が皆太ってておかっぱで。で、デニムの上下着てるんですよ。ほら、ノーカントリーのハビエル・バルデムみたいな。それで、ぴょんぴょん跳《は》ねてんの。あれなんだろ。」

「野球はしていないのですか。」

「グローブとかはめてるんだけど、とにかく跳《と》んでるんです。でぶが。大勢で。笑ったなぁ。私、自分の笑い声で目が覚めたもん。」

「それは素晴らしい目覚めですね。」

「鳴木戸さんは？」

「え。」

「鳴木戸さんって、すっごい変な夢見そう！」

「そうですか。」

「うん、なんか、私なんかが思いもしないような夢見そう。」

「そうでしょうか。」

「そうですよー、え、じゃあ、昨日、どんな夢見ました？」

「男性に、体を触られる夢です。」

「え。」

小暮しずくは、じっと定を見た。黒目の周囲が、全部白くなっている。三白眼《さんぱくがん》はよく見るが、四白眼はなかなか見ることが出来ないな、と、定は思った。

「変ですか。」

「いや……、どういう風に？」

「私は裸なんです。目をつむっているのですけど、見えているのです。裸の私を、上からかがむようにして、手のひらや指で、触るのです。」

「超エロイ！　誰が？　知ってる人？」

「はい。」

「彼氏?」

「いいえ。」

「どれくらい知ってる人?」

「どれくらい、とは。」

「どれくらい顔見知りなんですか、仲がいいの?」

「いいえ。二度会った人です。」

「二度だけ?」

「そうです。」

「電話も、メールもなし?」

「電話はかかってきます。でも、出ないのです。」

「どうして?」

「何を話せばいいのか、分からないのです。」

「鳴木戸さん。」

小暮しずくは、ペットボトルを地面に置いて、定に向き直った。

「その人と、どこで出逢ったんですか?」

定は、武智次郎と会った経緯《いきさつ》をすべて話した。その間、小暮しずくは、思いつめたような、真剣な顔をしていた。定は話しながら、小暮しずくの目や鼻を動かさないように、必死で努力しなければならなかった。

定が話し終わると、小暮しずくはしばらく考えこんでいたが、やがて口を開いた。

「それって、やりたいだけなんじゃないですか？」

「やりたい、とは。」

「その人、武智さん？　は、鳴木戸さんとただセックスがしたいだけなんじゃないですか。付き合いたいとかそういうことじゃなくて、ただやれればいいんですよ。やっちゃったら連絡来なくなるかもしれませんよ。鳴木戸さんは、武智さんのことが好きなの？」

「男女の恋愛としてですか。」

「そう。」

「分かりません。でも、夢に出てきます。」

「それって、鳴木戸さんもやりたいだけってこと？」

「性交をですか。」

「性交。受ける。そうです。」

「経験がないもので、そういう欲求も分からないのです。」

「そっか、処女だったよね。だったらなおさら、大切にしたほうがいいですよ！」

「大切にとは。」

「自分の体です。」

「自分の体を大切にするとは。」

「男に簡単に、セックスさせちゃだめです。」

「セックスは、させる、という感じなのですか。」

「男に簡単にセックスさせると、途端に態度が変わるんだから。」

「セックスさせる。」

「何？　またおかしくなった？　大丈夫ですよ、合ってますよ。」

「セックスさせる。」

「そうだ、私、その人に会ってあげる。鳴木戸さんに、どういう風に接しているかを観察して、その人が本当に鳴木戸さんのことを好きかどうか、確かめる！」

「私のことを。」

「そう。ただやりたいだけなのか、本当に鳴木戸さんのことを大切に思って、付き合う気があるのか、私、男見る目ないけど、他人のことなら分かるから。次会うとき教えて、ていうか、今電話してみてください！」

「武智次郎さんにですか。」

「そう！　で、友達も一緒に会いに行っていい？　て聞くんです。」

ともだち、という言葉が、耳に馴染まなかった。定は、腹の奥がむずむずするのを感じながら、それでも言われるままに、携帯電話を手にした。

武智次郎は、2コール目で電話に出た。

実物の武智次郎を見て、小暮しずくは驚いたようだった。

武智次郎は、真っ赤なシャツ、白いハーフパンツに、白いデッキシューズという恰好だった。手に持った白杖までもが、コーディネイトのひとつのように見える。やはり、見えているのだろうか、と、定は思わずにおれなかった。

「あの……、武智さん？　て、外国の方なんでしたっけ……？」

そう耳打ちしてきた小暮しずくに、定は、イタリア人と日本人のハーフなのだということを説明した。定の声が聞こえたのだろうか、武智次郎は、

「あ！　定さん！　定さん！」

と叫んだ。

定は、武智次郎の姿を見て、また、息を止めていた。今回は、そのことに気づいた。とても苦しかったからだ。定は、大きく深呼吸をした。だが、苦しさは変わらなかった。

待ち合わせは、初めて会った場所にした。新宿通りは平日なのに人が多かったが、武智次郎の周りだけは、何故かぽっかり空いていた。

「こんにちは！　定さん、やあ、相変わらず美人だなぁ。」

定は、こんにちは、や、お久しぶりです、など、言う言葉を用意してきていた。なのに、それらの言葉はちっとも出てこなかった。その代わり、小暮しずくに、武智次郎のことを、きちんと紹介した。

「小暮さん、こちらが、武智さんです。」

小暮しずくは、背筋をしゃんと伸ばし、にっこりと笑った。

「初めまして、小暮しずくです。」

小暮しずくがそうすると、ほとんどの男性は、ハッとした顔をし、小暮しずくをじっと見るか、それとも、目を伏せてしまうかのどちらかだった。だが、武智次郎は、小暮しずくの「方」へ顔を向け、

「定さんのお友達ですね？」

そう言っただけだった。

「はい、そうです。」

小暮しずくがそう返事をしている間に、武智次郎はもう、定の手を探り当て、しっかり摑んでいた。定は、武智次郎の手の、思いがけない熱さに驚きながら、自然に歩きだしてしまった。

定は時々小暮しずくを振り返り、目が合うと、うなずいた。自分でも、どうしてうなずいているのかは、分からなかったが、小暮しずくが、うなずき返してくれることに、勇気を得た。

3人は、一軒の喫茶店に入った。

それは定が、守口とよく打ち合わせをした喫茶店だった。守口が「外道」と呼んだ店長は、いないようだ。定は少し寂しい気がした。綺麗にはげあがった外道の顔は、「動かす」のに、ちょうど良かったからだ。

外道のかわり、可愛らしいがつまらない顔のウエイトレスが、定たちのテーブルに、水とメニューを置いていった。定はあわてて、ウエイトレスの小さな唇を、鼻に近づけた。スナネズミのよう

な顔になったのを見て満足し、やっと、少しだけ落ち着いた。ずっと、苦しかったのだ。

店に入っても、武智次郎は、定の手を離さなかった。だが、席に座ると、定は武智次郎から手を離し、代わりに自分の手を握った。武智次郎の手と違い、それは、ひんやりと冷たかった。

それぞれ飲み物を注文すると、妙な沈黙が、テーブルを包んだ。

「あの、とりあえず、飲み物待ちましょうか。」

小暮しずくがそう声をかけるが早いか、飲み物が運ばれてきた。小暮しずくは、ほっとした顔をし、定を見た。優しい顔をしていた。

定はその顔を見て、さきほど武智次郎が言った「定さんのお友達ですね」という問いかけに、小暮しずくが「はい、そうです」と答えたことを、思い出した。くすぐったかった。

武智次郎に電話をかけたとき、定は、「友達も一緒に行っていいですか」と、噛みしめるように言った。自分がそのようなことを言っているのが、嘘のようだった。

これから、小暮しずくを誰かに紹介するとき、私の友達です、そう伝えていいのだ。

テー、と、定は声に出しかけた。

定は、悦子に、小暮しずくを会わせたい、と思った。誰かを家に連れていくことなどなかった定が、珍しい四白眼の友人を連れて行ったら、悦子は心底驚くだろう。そして、嬉しく思ってくれるだろう。

数日前、真紀が上京してきて、悦子は退院したのだった。

娘と暮らせるのが嬉しいのか、悦子は退院の目的も忘れ、はしゃいでいた。定も、嬉しかった。

久しぶりに会った真紀は、かつての悦子にそっくりだった。ふくよかで、ピンク色をしていて、まるで、生命そのものだった。定はつかのま、真紀の目や鼻を、悦子のそれらと取り替えてみた。悦子は、途端に若々しくなった。

人間が老いるのは、皮膚や内臓だけではない。目も、鼻も、口も、眉毛も、どんどん朽ちてゆくのだ。

それは、かつてダブリンで見た老人のパーツを、ヤムスクロの青年と取り替えたときに、経験したことだった。青年のつやつやした皮膚の中、老人のそれぞれは、鈍く光り、圧倒的に、老いていたのだった。

「あとは家でのんびり暮らすわね。」

そう言った悦子は、小さかった。とても。定は、娘の真紀に、家を訪ねる許可を得て、別れた。

7月末なのに、秋のような雲が浮かんでいる日だった。

「あの、武智、さん。」

声をかけた小暮しずくの「方」に、武智次郎は顔を向けた。

「なんでしょうか。」

「あの、今日、は、私、武智さんの、本当の気持ちを聞きたいんです。」

武智次郎が、ぴくり、と、肩を動かした。

「本当の気持ち?」

「はい、あの、単刀直入に聞きます。鳴木戸さんのこと、本気で好きなんですか。」

「好きです。」

質問にかぶせるようにして、武智次郎は答えた。小暮しずくは、言葉を失った。

「大好きです。」

いらっしゃいませ、と言う店員の声が聞こえた。

「僕は初めてお会いしたときから、定さんのことが好きです。こんな美しい人に、会ったことがありません。僕の女神だ。」

「女神とか言ってますけど、武智さんは、鳴木戸さんの何を知ってるっていうんですか。」

「編集というお仕事をされていることと、美しい人だということだけです。」

「それだけで好きって。」

「いけませんか。一目ぼれなんです。」

「一目ぼれ……。」

「目は見えませんが、一目ぼれです。うふふ。」

定は、テーブルをぼんやり見ていた。

小暮しずくは、その様子を見て、わずかにやる気を削がれたようだった。だが、うふふふ、と笑い続ける武智次郎に、結局、声を荒《あ》らげた。

「あの、こういうこと、言いにくいんですけど、私には、武智さんが、鳴木戸さんとやれたらそれでいい、て思ってるようにしか見えません。一目ぼれだとか、美人だとかおだてて、それで、そういう関係になったら、途端に態度が変わるんじゃないんですか。」

「そういう関係とは？」

「あの、ほら、男女の。」

「セックスですか。」

「ぐ。」

「セックスのことを言っているのですか。」

「……そうです。」

武智次郎は、笑うのをやめ、

「セックス、滅茶苦茶やりたいよ！」

と言った。店内にいた数人が、こちらの席を見た。

「ほら！」

小暮しずくは、自分のアイスミントティーを脇におしやった。そして、武智次郎に向けて、指を突き立てた。

「やりたいんじゃないですか！　一目ぼれだとか女神だとか綺麗なこと言っておいて、結局、やれたらそれでいいんでしょ！」

定は、小さな声で、小暮さん、と言った。だが、小暮しずくは聞かなかった。

「男って、皆そう！　女とやるためなら全力を尽くすのに、やった途端態度が変わる！」

「態度は変わりません、ただ、僕は定さんと、途方もなくセックスがしたい。毎日そのことばかり考えています。それの何が悪いというんですか、小島さん。」

「小暮だよ！」

小暮しずくは、腰を浮かせた。

「真剣じゃないじゃない、鳴木戸さんのこと、真剣に好きなんじゃないじゃない！　そういうことは、もっとゆっくり、時間をかけてするものでしょう！」

「そうでしょうか。」

「そうよ、ねぇ鳴木戸さん！」

定は、小暮しずくの顔を見た。さきほどのように、優しい顔はしていなかった。

「はあ、私には、分かりません。」

「定さんは、僕のことが好きではない？」

武智次郎は、定の右手あたりを見つめながら、そう言った。

「……それも、分かりません。自分が武智さんのことをどう思っているのか。」

「少なくとも、僕は、本当に定さんのことが好きです。」

「鳴木戸さん、信じちゃだめだよ！」

定は、ゆっくり膜をはってゆくロイヤルミルクティーを見つめた。

「確かに僕は、こ、ぐれ、さんの言うように、定さんのことを何も知らないかもしれないけど、でも、知るということ自体が、よく分からない。」

武智次郎は、見えているかのように確実に、アイスコーヒーを手に取り、音を立ててそれを飲んだ。

「僕が知っている定さんは、初めて会ったときの、優しい、美しい定さんです。それがすべてです。僕は目が見えない。小暮さんのように目の見える人には分からないでしょうが、人が、人を知る、と言うとき、見る、という行為がとても大きいんです。僕も、10年ほど前まで見えていたから、分かるんです。あの人知ってる、と言うとき、僕は、はっきりその人の姿を思い浮かべていた。どんな髪型だったか、どんな目をしていたか。でも、その情報が絶たれると、『知る』ということが、どういうことなのか、改めて考えざるを得なくなるんです。知るって何だろう。今も分かりません。だから僕は、自分で自分の『知る』を決めるしかないと思った。僕には定さんの姿が見えない。でも、僕の知ってるすべての定さんは、見えている人よりも、もしかしたら小さな世界かもしれないけれど、とても美人で、優しくて、それが大切なんです。僕は、優しくて美人の定さんと一緒にいたい。短時間しか経っていないし、もちろんその『すべて』は、刻々と変わってゆくし、かといって『すべて』が完成されるときがくるとは思えないけれど、僕はただ、定さんのことが好きなんです。」

武智次郎は、決然とした表情をしていた。定は、武智次郎が飲んでいるアイスコーヒーを見て、ブラックで飲む方なんだな、と思っていた。自分にとって、武智次郎の「すべて」が、ひとつ分、大きくなった。

「うふふ。」

武智次郎は、にっこりと笑った。

「定さんは、本当に、美人だ。」

「じゃあ、鳴木戸さんが美人じゃなかったら、好きになっていないということですか。」

「うーん、ええ、まあ、そうですね。」

「何それ。」

「でも僕の中で、定さんはもう美人なんです。可視化出来る世界のことは、僕に知らせないでいい。僕の『すべて』の定さんは、とても美しく、誰より優しいんだから。」

「それって、やっぱり、鳴木戸さんのこと、本当にちゃんと見てない。」

「僕は見えないんだもの。」

「そういうことじゃないんです。ちゃんと、鳴木戸さんの内面を見てないってことです。」

「内面って？」

「美人以外のこと。」

「優しい。」

「それだけですか。」

「それが今知っている、定さんのすべてだから。それが、内面というのなら。」

定は、ロイヤルミルクティーのカップを手に持った。ふう、と息を吹くと、膜は定に従い、大人しくカップの端に移動した。

「僕は、定さんのことが、本当に、本当に、好き。」

小暮しずくは、もうなくなったアイスミントティーのグラスを、意味もなく振った。その動きに、武智次郎は、ぴくりとも反応しなかったが、定は、それを目で追った。その動きに意味があるように、小暮しずくの行為にすがった。そして結局はまた、勇気を得て、口を開いた。

「あの、武智さん。」

「なんですか、定さん。」

「お洋服の色は、どうやって決めているんですか。」

「はい、僕は目が見えませんが、気配で分かるんです。」

「気配で。」

「そうです。赤は、赤の気配を出しているし、黒は、黒の気配を出しています。」

「そうですか。」

「はい。」

「武智さん。」

「なんですか、定さん。」

「先っちょだけ、とは、どういう意味ですか。」

「そのままです。先っちょだけでも、入れたい。」

「ちょっと！」

「入れたい、とは、武智さんの性器を、私の性器に、ということですか。」

「そうです。胸の先っちょを触るだけでもいいんです。」

「このやろう！」

「それはどうしてですか。」

「本当は、全部入れたいです。だって僕は、定さんとセックスがしたいんだから。でも定さんが、あのとき嫌だと言ったから。」

「先っちょだったらいいと思うのですか。」

「はい。先っちょだけでも、僕は定さんに触れていたいんです。」

「手や、頬ではなく？」

「手や頬だっていい。でも、どうしても性器や胸に触れたくなる。隠されているからなのか、よく言う本能なのか。とにかく僕は、定さんの性器とか、胸に触れたいんです、裸の定さんに。」

「どうしてですか。」

「好きだからです。」

「好きだったら我慢しろよ！」

「僕の我慢は、それが限界なんです。こんなに好きだから。」

「鳴木戸さんのことが好きなら、待てるだろうよ！」

「待ちます。でも、待ちながら、僕はずっと言い続けます。やりたい。先っちょだけ、それが叶ったら、全部。今は先っちょがすべてで、でもいつか、そのすべてが、もっと大きくなればいい。定さんのこと、待ちますよ。待ちます。でも、僕がこれだけ、定さんとセックスしたいということを、忘れないでいてほしいんです。僕が触れることが出来る、可能な限りすべての定さんを、僕は知りたい。」

小暮しずくが、乱暴に腕を組んだ。

「僕は定さんが、好きです。」

定は、小暮しずくを見た。小暮しずくは、腕を組んでいたが、怒ってはいないようだった。定を見て、じっと見て、僅かにうなずいた。やはりその動作で、定は勇気を得た。

「武智さん。」

「なんですか、定さん。」

「私が電話に出なかったことを、怒っていらっしゃらないのですか。」

武智次郎は、氷だけになったグラスを、ストローでかきまわした。定は、ストローって何だとパニックになっていた守口を、わずかに思い出した。

「怒っていません。目が見える人は、言葉を交わすことを、難しいと感じるときが、あるから。」

定は、すっかりぬるくなったミルクティーを、もう一度、ふう、と吹いた。

今度は、膜は動かなかった。そこに、ずっとあった。


武智次郎と別れ、歩きだしたふたりの影は、黒く、濃かった。夏の影だった。

武智次郎は、定の手を握って、いつまでも離さなかったが、小暮しずくが、用事があるのだと、引き離した。武智次郎は、

「定さん！　また会ってください、絶対に、絶対に！」

そう叫んで、いつまでも、白杖を振りまわしていた。その軌跡がやはり綺麗で、定は初めて会ったときの武智次郎を、思い出していた。

「変な人だった！」

小暮しずくが、叫んだ。

「武智さんですか。」

「はい。なんていうか、すごく、変な人。それしか思い浮かばない。」

「そうですか。」

小暮しずくは、暑そうに、なんども額の汗をぬぐった。それに比して定は、ちっとも汗をかいていなかった。

「でも、」

「はい。」

「悔しいけど、私が今までつきあってきた男より、断然正直だと思いました。鳴木戸さんのこと、大切にするかわかんないけど、でも、正直。」

「そうですか。」

「たしかに、私が知っている鳴木戸さんと、彼が知っている鳴木戸さんの違いって、私にも、分からないんですよね。」

「そうですか。」

「彼は、少なくとも、分からないということを、分かっている気がする。」

「そうですか。」

小暮しずくは、何かを思い出したような顔をして、バッグを探った。中から、緑色のハンカチを取り出して、いやにゆっくり時間をかけて、汗を拭った。そういえば、屋上で泣いていたときも、ハンカチを出すタイミングがおかしかったな、と、定は思った。

「鳴木戸さんは、自分の気持ちが分からないと言ったけど、いずれ分かるようになる気がします。武智さんのことを、どう思ってるか。」

「そうですか。」

「暑い！　なんか、映画見ません？」

「はい。」

定と小暮しずくは、連れだって映画館へ向かった。映画はそれほど面白くはなかったが、定はこの映画のことを、一生忘れないだろうと思った。


守口の連載が終わった。

最終回の原稿を読み、定は胸が熱くなった。泣くことはなかったが、そもそも定は、小さな頃から泣いたことがなかった。

守口は、今までずっと使っていた一人称である「小生」という言葉を捨て、「おいら」と書いていた。文体も、格式ばったものではなく、守口が話をする、そのままに書いていた。

守口の文章を読むとき、定ははっきりと、守口の顔を思い浮かべる。

濁って全く動かない左目、それに比して、赤ん坊のようにキラキラ輝く右目、ぐにゃりと曲がった鼻と、歪んだ唇。誰より、何より「守口廃尊」たる、彼の顔。

デスクトップ上の守口の写真を、定はじっと見つめた。もう、編集部の誰も、そのことをからかわなかった。

仕事中、小暮しずくからは、疲れた、だとか、編集長の機嫌についてなどの、他愛ないメールが、たびたび届いた。定はそのどれにも、律義に返事をし、定の顔には表情らしきものはなかったが、編集部の皆、小暮しずくと鳴木戸定が、最近仲がいいことには、気付いていた。

不思議なふたりだ、と皆思った。何故、とも思った。

だが、8月も半ばを過ぎ、太陽がますます威力を増してくると、そのようなことは、誰も思わなくなった。ふたりの親密さは、いつの間にか風景になったのだ。

守口は、やはり医者の忠告を無視して、勝手に退院したようだった。

血管が曲がっていることや、試合中に意識を失ったことが、どれほど危険なことなのか、専門書を読んで、定は知ったのだが、守口には、何も言えなかった。連載が終わり、書籍になると、守口と今までのように頻繁に会えなくなるかもしれない、ということが、辛かった。そして今なお、守口の試合を見にゆくことを許されない己の境遇が、歯がゆかった。

だが、そんな折り、おもいがけず、守口から連絡が来た。

その日、定は、早くに予定の仕事を終え、ひと息ついたところだった。武智次郎からの電話を受け、数分、簡単な会話を交わした。

あれから定は、武智次郎からの電話に、すべて応答している。

何を話せばいいのか分からないときは、黙っていた。定が無言でいても、武智次郎はよどみなく話したし、ほんの二言三言で電話を切るときもあったが、それでも良かった。

　武智次郎と何度目かの約束をし、電話を切った後、すぐに携帯電話が震えた。『公衆電話』という表示を見て、定は、何故か守口だと、ぴんときた。

「もしもし。」

「……かよう。」

「はい、守口さん、何でしょうか。」

「鳴木戸さんかよう。」

「そうです、鳴木戸です。どうなさいましたか。」

「……。」

「守口さん。」

「ちょっと来てくんねぇかなぁ。」

「どちらですか。」

「家。」

「分かりました。」

　言われた場所まで、タクシーを飛ばした。

　はからずもそこは、悦子の家の近くだった。見慣れたポストや生垣《いけがき》を見て、定は何故か、家に帰ってきたような気持ちになった。

　曲がり角に、古い電話ボックスがある。守口は、ここから電話してきたのだろう。ここに入って電話をしたのでは、さぞかし窮屈だったはずだ。家の電話を使わなかった守口の気持ちを考えてみたが、浮かぶのはやはり、守口の顔だけだった。

守口は部屋番号を伝えていなかった。だが、ベランダの洗濯物で、見当がついた。2階の端の部屋に、驚くほど大きなTシャツやトランクスが干されていたのだ。

マンションは、マンションというよりはビルという趣だった。とても古く、ポストの前にはチラシが散乱していた。階段には、赤黒く、新しい血が落ちていた。嫌な予感がした。血は、点々と階段を登り、やがて、ひとつの部屋にいきついた。

インターフォンを押すと、しばらくして、守口が出てきた。

「はえぇな。」

守口は、例の顔で、恥ずかしそうに立っていた。

その顔を、じっと見つめるのを我慢して、定は、血の出所を探した。手首にタオルが巻かれて、赤く染まっている。結構な量だ。定の視線に耐えかねたのか、守口は、

「ガングリオン潰したんだ。」

と言った。

「大丈夫ですか。」

「大丈夫だ、ちょっと、深くやっちまったけど。」

不思議だった。

守口の部屋は、定の部屋と、つまり、父の書斎と、同じような匂いがした。生き物の匂い、乾い

た皮膚の匂いだ。

守口の部屋は、整然と片付いていた。本棚には大量の本が綺麗に並べられ、灰色のカーペットに、毛や埃《ほこり》は全く落ちていない。小さなテーブルの上には、緑のガラスの灰皿が置かれているが、綺麗に磨かれており、煙草の気配はなかった。

狭い部屋だが、それは守口の体が大きいからだ。通常の人間の一人暮らしには、十分な広さだったし、光はあまりささないが、清潔な、良い心地のする部屋だった。

部屋の隅に、古い電話が置いてある。電話線を辿ってゆくと、途中で、ぶつりと切れていた。

「適当に座ってくれよ、悪かったなぁ、急に呼び出してよう。」

「いいえ、とんでもありません。私も、守口さんにお会いしたいと思っていたんです。」

「カルピスでいいか。」

「どうか、お気づかいなく。」

定が座った先に、黒い血の染みがあった。清潔に保っているカーペットを、点々と不規則に汚している。定は、守口を見た。

小さな台所で、身をかがめるようにしてカルピスを作っている守口を見ると、急に、強烈な安堵が定を包んだ。守口は、生きているのだ。

「お体の具合はいかがですか。」

「んあ、んー、まあ、なぁ。」

「試合には出てらっしゃるんですか。」

「休んでる。でも、明日出るんだ。2週間ぶりに。」

「2週間しかお休みされないで、大丈夫ですか。」

守口は何も言わず、カルピスを定の前に置いた。礼を言って飲むと、濃い液体が、喉を滑って行った。

「美味しいです。」

「カルピスだもの。」

目の前に座った守口は、定を呼んだことを、もう後悔しているようだった。かといって帰ってほしいというような素振りも見せず、つまり守口も、どうしてよいのか分からないのだった。

「原稿は届きましたか。」

「ああ、届いたよう。」

先日、5年間分の守口の連載のデータをプリントアウトして、守口に送っておいた。それを校正し、1冊の本にするのである。

「驚いたよう。5年分って、あんな多いのな。」

「週刊誌ですしね。どれも、本当に素晴らしい原稿でした。」

守口は、何故か、押し入れの奥深くから、定が送った原稿を取りだした。はらりと、手紙が落ちる。定が守口に書いた、感想の手紙だった。

「手紙ありがとうよ。」

「いいえ、本当に、感動いたしました。」

「最終回？」

「はい、すべて素晴らしかったですが、特に。」

「そうかよう。」

守口の顔色が悪い。ちらりと見ると、手首の赤い染みが、大きくなっているような気がした。

「守口さん、病院に行きませんか。」

嫌だ、と言うのだろうと思った。だが、言わずにはおれなかった。

「手首の傷、見たところ、血の量が多くなっています。病院で見てもらったほうが、いいのではないでしょうか。」

「手首。」

守口は、右手でぎゅっと、タオルを押さえた。左目は、相変わらず動かなかった。

「嘘だって分かってんだろう。」

「何がでしょうか。」

「ガングリオン潰したって。」

定は数秒返事を迷ったが、嘘をつくのはやめた。

「はい。」

「ガングリオンは、本当に潰したんだ。ハサミで。でも、そのついでに、やっちまった。手首。血が結構出た。」

「今も出ています。」

「大丈夫だ。初めてじゃねぇから。」

そういうものだろうか、と、定は思った。

「結局おいら、死ぬ気なんてねぇんだ。」

守口は、ビールジョッキでカルピスを飲んでいる。それすら、守口の手に掴まれると、小さく見えるのだった。

「本当に、病院に行かなくて、大丈夫ですか。」

「ああ。」

守口の手の甲を、真っ赤な血が伝っている。それは素早く指先に達し、達すると、さきほどまでのスピードなど嘘のように、ゆっくりと、ゆっくりと、雫《しずく》になった。

守口の5年分の原稿に、赤い染みが出来る。広がる。

「聞かねぇのかよう。」

「何をでしょうか。」

「なんでだって。」

「なんで、とは。」

「なんで手首切ったのかって。」

「聞いてよろしいのでしょうか。」

「そうじゃねぇと、わざわざ家まで呼ばねぇよう。恥ずかしい。」

「どうしてですか。」

「……。」

「守口さん、どうしてですか。」

守口は、原稿に血が落ちているのに気付いたのか、慌てて腕をあげた。指先へ落ちて行った血が、逆行して、速やかにタオルの中に戻っていった。

「よくわかんねぇ。」

「そうですか。」

「いや。」

「はい。」

「最後の原稿書き終わって、これでもう、プロレスしかないって思って、でも2週間も休んじまって、試合が近づいてきた。なんか。」

「なんか?」

「怖くなったんだ。」

「そうですか。」

「ベタだろ。」

「お話の腰を折ってすみませんが、ベタというのは。」

「なんだようお前、大学出てんのに、本当に何にも知らねぇな。」

「すみません。ベタという言葉を存じ上げなくて。」

「ベタっていうのは、あれだよ、あー、えーと、ありきたりっていうか。」

「こういうことに、ありきたりな理由であるとか、そうではないとか、あるのでしょうか。」

「怖くなったなんて、恥ずかしくて言えねぇよう。」

「守口さん。」

守口は、怒られている子供のように、体を丸めている。

いつか、喫茶店を出た守口が、このような様子で定を待っていたことがあった。あのときも定は胸をつかれたし、今もそうだった。

「おいら、プロレスが好きだよ。本当に好きだ。でも怖い。血管が曲がってて、もしかしたら死ぬかもしれねぇんだって。リングで死ぬのはいいよ、いいよう、でも怖いんだ。矛盾してるだろ、矛盾してるんだ。手首なんて切ってよう。文字が怖い、とか、言葉が嫌だ、とか言ってたけど、おいら5年も続けてたんだぜ？　こんな、こ、こんなに原稿がたまってるんだ。言葉を書いてきたんだ。それも結局、プロレスが怖かったからだ。レスラーが眩しくて、おいらもそれをやってるのに遠くて、そうだよ才能がなくて、社会も怖いし、言葉も怖いし、おいらには何にもない。心底狂うことも出来ない。中途半端なんだ、何もかもよう。」

「そんなことはありません。守口さんは、」

「ほら、ほらよう、おいら、あんたがそう言ってくれるのを見越して言ってたんだ。甘えてんだよ。」

守口は、初めて会ったときのように、頭をかきむしり、うずくまってしまった。血が出ないだろうかと心配したが、止まったのか、流れてはこなかった。

「プロレスをする守口さんを、私は見たことがありません。私にとっては、原稿を書く守口さんと、こうやって話をする守口さんがすべてです。」

守口は、そのままの姿勢でじっとしている。そうしていても、守口はやはり、大きかった。

「今ここに、こうやっていらっしゃる守口さんが、すべてなんです。その守口さんは、とても才能のある、立派な方だと思います。」

「おいらはプロレスが好きなんだ。」

定の言葉にかぶせるようにして、守口が呟いた。

「守口さんは、守口さんの原稿は、プロレスラーとしての守口さんを知らなくても、胸を打ちます。少なくとも、私は。」

「あんたはそう言ってくれるだろうよ、あんたは編集者だからよう。」

指先に落ちた血が、固まったようだ。ほとんど茶色くなって、守口のそこから、動こうとしなかった。

「おいら才能がないんだ。プロレスをするのが怖い。プロレスで死ぬなんて、本望なはずなのに。おいらは怖くて、こうやって、手首切ってる。なんだ、それはよう。」

ベランダから、蟬《せみ》の鳴く声が聞こえる。

そういえばこの部屋は、冷房がかかっていなかった。守口は滝のような汗をかいていて、だが定は、ちっとも、暑くはないのだった。

「守口さんは、ガングリオンを、潰したんですね。」

「手首を切ったんだよう。」

顔をあげた守口は、やはり、定の心をとらえた。

守口そのものの顔、守口以外、何ものでもありえない顔。

「誰だって、」

「はい。」

「誰だって、最初は猪木さんになれると思うんだ。」

「ええ。」

「羽生《はぶ》でもいいよ。ピカソでもいいし、マラドーナだっていい。誰だって思うんだ、そうなりたい、なれるって。でも気付くんだ、なれない。天才は産まれたときから天才だし、ずっと努力しつづけるから、どんどん差が開いちまうんだ。おいらたちは、少なくとも、おいらは、その差を分かった上で、もう猪木さんにはなれねぇって分かった上で、その世界を生きていかなくちゃならねぇ。自分なりの、個性っつうか、特においらたちの世界じゃ、キャラを作って、生きていかなくちゃならねぇ。」

「はい。」

「でもおいらは、」

「はい。」

「猪木さんになりたい。」

守口は、泣いているようだった。定は、涙を見ないようにしていたが、守口は隠さずに泣いた。

「こんなキャラじゃなくて、猪木さんになりたい。なりたかった。」

守口は、随分伸びた五分刈り頭を、がりがりとかいた。鈍い金髪は、守口に似合っていたが、地肌から伸びている黒い髪のほうが、光って、強かった。

「新日入ったときは、おいら輝いてたんだ、これでも。動きたいように体が動いたし、変な全能感があった。でも試合に出たら違うんだ。全然違うんだよ。おいらは地味だって言われた。地味の何が悪いって思ってた。でもだめなんだ。技自体が地味なんじゃなくて、どんな派手な技をかけても、どんな風に飛んでも、大きく動いても、地味になるんだ、おいらがやると。それが違いなんだよ。」

「違い。」

「そうだ。それが違いなんだ。どんな技をかけても、それが無意識であっても、客席に綺麗に見えるやりかたが自然に出来る人間がいるんだ。それは技術とか、練習量だけじゃ追いつかないんだ。産まれたときから差がついてる。ちっせェ頃は、それが分からないんだ。でも、そいつは少しずつ少しずつ蓄積されてる。もっと早くに気付いとけばよかった。でも、気付かなかった。おいらは、猪木さんになれると思ってた。」

「守口さん。」

「アメリカに修業行ったときも期待されてたんだ。地味は地味だけど、スタイルさえ確立すれば、看板選手になれるって。でもだめだった。アメリカ行っても、おいらは地味なんだ。ヒールやって、無茶してリングに立ったけど、だめだった。キャラいっぱい作って、試合何百とやって、でも日本からは、帰ってこいって言われなかった。おいらはずっとアメリカにいた。それで鬱になった。プロレスをやめたかった。」

「やめたかったのですか。」

「うん。でもやめられなかった。やめられなかったんだよ。」

「お好きだからですね。」

「プロレスのせいで鬱になったのに、鬱を忘れるのは、プロレスやってるときだけだった。人と会うのが怖くて、だって人に会うと、キャラを作らなきゃなんねぇって思うんだもの。怖い、怖かった。でもリングに立つと、飛ぶんだ、そういうことが、全部。相手の目をまっすぐに見れる。なあ、プロレスは言葉を使わない。言葉を、きちんと文章にしなくていいんだ。体がそれをやってくれるから。何万語駆使《くし》して話すより、1回関節決められたほうが伝わることがあるんだ。俺は相手を体験するんだ。体が体験するんだ、わかるんだ。おいらの体が。おいらの、この、おいらの体がだぞ？　ひとつしかねぇんだ。わかるか。それが、どれほどすげぇことか。」

「分かります。」

定には本当に、分かっていた。だがそれを、守口に伝える術《すべ》を知らなかった。自分の体が、自分だけのものだということ。体の匂い、皮膚の皺ひとつひとつが、残らず自分のものだということ。

「体があればいい。」

守口は、ずず、と、鼻をすすりあげた。

「おいらは、体があればいい。なのに、おいらはこうやって、『言葉』にすがってる。結局、言葉によう。」

守口の左手が、わずかに震えていた。それが恐怖からくる震えなのか、血液を出し続けたことの結果なのか、定には分からなかった。

「プロレスが怖くて、言葉に逃げてるんだ。それもキャラ作りだよ、結局。文章書いて、おいらはこういう人間なんだって、一生懸命社会にアピールしてる。あれだけ怖がってた、社会ってもんに。」

守口の顔は、涙か鼻水か汗か、分からないもので濡れていた。

小さくうずくまった守口を、定は「どうにかしたい」、と思った。だがそれが、抱きしめることなのか、背中をさすることなのか、肩を嚙むことなのか、大声を出すことなのかは、分からないのだった。

定はただ、守口をじっと見ていようと思った。泣いた小暮しずくを見続けたように、守口が泣くのを、最後まで見ていようと思った。

「嫌だよう。おいら、自分が嫌だ。」

「守口さん。」

「でも死ねない。死ぬのが怖いんだもの。」

「死んではなりません。いえ、死んではならないということはありませんが、でも、私は、守口さんには死んでほしくないと思います。」

守口は、顔を覆った手の間から、定を見た。いや、見ているようだった。覗いている左目では、視線のゆくえが、分からないのだ。

「守口さんは、アピールのために言葉を書いていらっしゃるのでは、ないと思います。守口さんは、言葉を愛してらっしゃるから。」

「言葉を愛してる。」

「そうです。言葉を、きちんと言葉以前から考えて、書いてらっしゃるから、守口さんの原稿が好きなんです、私は。」

「おいら、」

「なんですか。」

「言葉が好きなんだ。」

「はい。」

「言葉が怖いとか、いらねぇとか言ってるけど、好きなんだ。言葉を組み合わせて、文章が出来る瞬間に、立ち会いたいんだ。」

「はい。」

守口の動かない左目は、薄い光を受けて、鈍く濡れていた。その左目を見て、定は夕方になったことを知った。

「分かります。」

「分かるのかよう。」

「分かります。すごく、分かります。私などに分かられても、お嫌かもしれませんが。」

「嫌じゃねぇよう、嫌じゃねぇ。嫌だったらあんたを呼ばねぇよ。こうやって、恥ずかしいこと、話さねぇよ。」

守口は、カルピスを一口飲んだ。熱いコーヒーは一気に飲むのに、ぬるくて美味しいカルピスを、少しずつ飲むのが、おかしかった。

「あんたは、なんでその仕事なんだ。」

「私ですか。」

「そうだ。あんたは、あれだ、そっち側じゃねぇ。猪木さんの側の人間だと思うよ。」

「猪木さん側の人間、というのは。」

「天才なんだ。」

「天才。何のですか。」

「何らかのだ。」

「それって、天才と言えるのでしょうか。」

「おいらには分かるんだ。おいら、ずっと天才を見てきたんだもの、まぢかで、見てきたんだもの。」

「私はそんな立派なものではありません。」

「分かるんだ。あんたは、まっすぐだから。全部、真正面から、見て、それから、全部、受け止めるから。」

「それが天才というのですか。」

「わかんねぇ。でも、あんたはすごいと、おいらは思うんだ。どうして編集者なんだよ。」

定は、守口の真似をして、カルピスをゆっくり飲んだ。それはやはり喉を滑って、優しく胃の中に落ちて行った。何故かそのことに背中を押されて、定は口を開いた。

「言葉を組み合わせて、文章が出来る瞬間に立ち会いたい、という守口さんの気持ち、本当に分かります。私はそれが、私以外の誰かが作った、ということに、とても感銘を受けるんです。言葉そのものを作ったのが誰か分からないけれど、その言葉を組み合わせることによって、文章が出来る、しかも、誰かが作ると、それは私の、思いもよらないものになります。その文章が、言葉が、その人そのものに思えてきます。」

守口の汗は、涙は、止まらなかった。カーペットに、ぽた、ぽた、と、染みを作った。それは血の染みのように見えるが、血ではなかった。いずれ乾いて、透明になるのだった。

「私には、ずっと友人と呼べる人がいませんでした。ずっと、ずっと。人と接することがどういうことなのか、よく分からないし、友達がいないことがどういうことなのか、寂しいという感情がどういうものなのかさえ、よく分からないんです。でも、何かが出来あがる瞬間、それを目撃することに、私は感動するんです。そのときには、寂しいだとか、嬉しいだとか、そういう、人間らしい、というのですか、そういう感情が、分かる気がするんです。言葉を、それを誰が作ったのか分からないのですが、それらを組み合わせて、文章が出来る。誰かがそれをすると、私は、その誰かの感情を、なぞれるような気がするんです。」

守口は、じっと動かない。部屋の中なのに、床には大きな、濃い影が出来ている。ほとんど日がささないのに、どうしてだろう、と、定は不思議に思った。

「誰かになれるような気がするんです。」

どこかから、「夕焼け小焼け」が聞こえる。

「私にとって文章が、その誰かなんです。」

淡い余韻《よいん》を持って、遊びの時間が終わることを、告げている。

「水森さんが亡くなるまで、私は、私に来る原稿は、水森さんが書いているのだと思っていました。でも違った。ヨシさんが書いていたんです。でも、その事実を知った今も、あの原稿は、私にとって、やはり水森さんなのです。」

気付けば定のこめかみを、一すじの汗が、まっすぐ流れていった。

「私は、言葉をつらねて文章が出来る瞬間に立ち会いたい。それと同じように、目や鼻や口や眉毛が、どこにどうやって配置されて顔が出来るのか、その瞬間に立ち会いたいんです。」

「顔。」

「そうです。それが神の領域だと言うのなら、私は神になりたい。顔は、どうやって出来るのでしょうか。それがその人をその人たらしめているものは、何なのでしょうか。」

無意識のうちに定は、指先を動かしていた。それは幼い頃からずっと、やり続けてきた行為だった。目や、鼻や口や、眉毛を、思うところに、思うままに置くのだ。幼い頃だけではなかった。厚い壁に囲まれていた今まで、ひとりで、ずっと、やり続けてきた行為だった。

「父が死んだとき、父は焼かれて、目や鼻や口は、ぶすぶすと黒い穴になりました。目玉は焼かれる前にくりぬいて、川に投げ入れました。父は顔のすべてのパーツを失いましたが、死んだのは間違いなく、父でした。顔って何なのでしょうか。父は、どこからが父なのでしょうか。」

　定は、自分の喉の奥のほうから、言葉が溢れてくるのを感じていた。言いたいことを考えぬままに、まるで守口の涙のように、言葉の粒が溢れ出てくるのだった。

「守口さんが、体があればいい、とおっしゃったこと、私は、とても理解できるのです。自分の体が、自分のものだということ、それを感じるとき、体が震えること、その震えているものも、自分の体だということ。顔だってそうなんです、顔だって、自分のもので、体と一緒に震えていて、でもどうして、意思があるように思うのか。目や鼻や口に、眉毛に、意思があって、その成り立ちによって、その人を変えてしまうような気がするのは、どうしてなのでしょうか。」

　守口は、定の顔を、じっと見ていた。

「私は父の肉を食べました。そうすることが当然だと思ったし、父もそれを望んでいると思いました。私が食べたのは、父の残った右側の太ももあたりです。とても固くて、臭いました。一緒にいた父のスタッフは、私を見て吐いたり、うずくまったりしましたが、私は平気でした。でも、」

　定は、瞬間、黙った。忘れていたことを思い出し、その事実に、わずかに怯えたのだ。

「でも？」

　薄暗い部屋で、守口は段々見えなくなっていたが、守口が定を見ていることは、はっきりと分かった。正直であろう、と、定は思った。

「顔は食べられなかった。」

そう言ったとき、定の口内に、大量の唾が溢れてきた。

どうしてか分からなかった。

唾は思いがけない量で、飲み込む暇もなく、定の口から溢れてきた。顎を伝い、泡立ちながら、定の服を汚した。

「すみません。」

守口は、黙ってティッシュの箱を取り、定に渡した。定は頭を下げ、ティッシュを数枚取ったが、そうしている間にも、唾はだらだらと溢れ、止まらなかった。

「どうしたんでしょうか、私は。」

思わずそう言った定に、守口が、静かに言った。

「吐きたいんじゃねぇのか。」

それを聞いた途端、定は吐いた。

数枚のティッシュでは追いつかなかった。吐《と》しゃ物は受け止めた掌から溢れ、ぼたぼたと床に落ちた。止めようと思っても、止まらなかった。あとからあとから出てきた。咀嚼《そしゃく》されきれなかった昆布やツナ、飲んだばかりのカルピス、得たいの知れない塊が、定の喉を押し、結局吐くものがなくなっても、定の背中は波打ち、定の目は切れた血管で、赤く染まった。

守口は、静かに定を見ていた。

背中をさすることもしなかったし、ティッシュの箱を出した以外、定の手助けをすることはなかった。ただ、定の吐くままにさせていた。定は自分の吐しゃ物にむせながら、そのことに感謝した。

そしてその渦中《かちゅう》、守口の背後にある小さな本棚に、『大河紀行』を見た。それはまるで、夜の闇をすり抜けてきた、光のようだった。まっすぐな、白い、光のようだった。

嘔吐《おうと》が止まり、落ち着いた頃には、守口の部屋は、ひどいことになっていた。カーペットは定の吐しゃ物にまみれ、そこに混じって、守口の手首から出た血が点々とついている。部屋は得たいの知れない匂いで充満し、その匂いが可視化されたように、黄味がかった空気が、ふわふわと漂っていた。

定は守口に詫び、吐いたものを片付けた。濡れた雑巾《ぞうきん》で、丁寧に丁寧にカーペットを拭い、なんとか薄い染みになった頃には、日はすっかり暮れていた。

守口の部屋には、蛍光灯がひとつしかなかった。ぼんやりと青白い光に照らされて、守口と定は、共犯者のように黙りこくっていた。長い沈黙だった。

しばらくして、守口がやっと、口を開いた。

「散々な日だな。」

定は、こくりとうなずいた。はい、と言ったが、自分の声が随分枯れていることに驚き、何度か咳をした。

「あんたの父親さ、」

守口の声は、低く、乾いていた。こういう声が、何もない平原では、遠くまで届くことを、定は知っていた。ゴルムドで、ハヌマンテパスで聞いた、父の声と、よく似ていた。

「わかんねぇけど、あんたが、そう思ったら、そうなんじゃねぇか。」

定は、げっぷをひとつした。胃の中から、かすかにカルピスの匂いがあがってきた。

「何がでしょうか。」

「あんたが、これは父親だ、って思ったら、父親なんじゃねぇのか。目や鼻や口がなくても、例えば石っころだって、あんたの父親になるんじゃねぇのか。」

「石っころ。」

「石っころじゃなくてもいいよ。草だって骨だって電波だっていい。それが父親だって、あんたが強く思ったら、それは誰が何と言おうと、父親なんじゃねぇのか。」

守口の声が、少しだけ、父と混じった。

「顔だってそうだ。自分の体が自分のもんだって感じるように、顔だって、自分のもんだと思ったら、それは自分のもんだ。だってよ、」

「はい。」

「顔は、体とつながってるんだから。」

定は、あ、と声を出した。少し驚いたのと、げっぷが同時に出たのだ。

「そうですね。つながっていますものね。」

「あんたの言ってることって、よくわかんねぇんだけど、でも、おいらが、言葉が好きなのと、プロレスが好きなのと、その話と、似てる気がすんよ。だから、なんていうか、おいらも、どっちもあって、おいらなんだよ。」

「そうですね。本当に、そうです。」

「ふむ。」

「ありがとうございます。」

「なんだ簡単に終わったな。」

守口は恥ずかしそうに、頭を掻《か》いた。そして、まるで守口が吐いたように、口をごしごしとこすった。

「守口さん。」

「なに。」

「守口さんの顔、私は、本当に好きです。」

「なんだよう。」

「以前の守口さんと、まったく違うお顔ですが、私は、今の守口さんの顔が、誰より、守口さんのように思います。言っていること、分かりますか。」

「わかんねぇ。」

「すみません。でも私は、守口さんの顔を見ていると、守口さんだけでなく、私も、私だと、思えるんです。それが一瞬でも、そう思えるのは、やっぱり、守口さんは、天才だと思います。言っていること、分かりますか。」

「わかんねぇ。」

「すみません。」

守口は、乱暴な仕草で、手首に巻いたタオルを取った。ひどい状態を予想していたが、固まった血のせいで、何が何だか分からなかった。

「明日、プロレス見にくるか。」

「はい。」

「よし。」

「いいんですか。」

「いいよ、いいよう。恥ずかしいけど、見にこいよ。」

「私の中の、守口さんの『すべて』が、広がるんですね。」

「わかんねぇ。」

「すみません。」

「じゃあ、席とっとくからよ。」

「ありがとうございます。」

「うむ。」

「守口さん。」

「なに。」

「私は、守口さんのプロレスを、見ることが出来るのですね。」

「言ってんだろう。」

「守口さん。」

「なに。」

「守口さんの原稿、素晴らしかったです。」

「そうかよ。」

「私、全部覚えているんです。今、そらで言いましょうか。」

「やめろよう、もっかい手首切るぞ。」

「ガングリオンですよね。」

「……。」

「ガングリオンですよね、守口さん。」

「そうだ、ガングリオンだ。」

「ガングリオンを潰した。」

「ガングリオンを潰したんだ。」

笑った定の鼻さきを、また、何らかのにおいがかすめた。それは守口の匂いだった、父の匂いだった、そして、母の匂いであるのかも、しれなかった。本当に、本当に、僅かではあったが、父の部屋にも、定の部屋にも、母の匂いは、混じっているはずだった。

激しく嘔吐し、苦しさにむせながら、『大河紀行』を目にしたとき、定は、また別の風景を、思い出していたのだ。

かつて、ユングフラウヨッホに向かう高原列車の車中で、定は今と同じように、激しく嘔吐した。高山病になったのだ。

栄蔵が定に、酸素入りの水を飲ませたが、定はその水も吐いてしまった。列車のシートは定の吐しゃ物で汚れ、誰かがにおいに反応して、うなっている声が聞こえた。

頭が、誰かに締め付けられているように痛み、目をつむっていても、目の玉が後ろに反《そ》り返るような感覚があった。とても苦しかったが、定の背中を、ずっと撫でている手があり、それは小さかったが、暖かかった。

母だった。

定の記憶の中では、栄蔵と多恵と一緒に、どこかに旅行したことなどなかった。だが、守口の部屋で嘔吐していたとき、定ははっきりと、その風景を思い出したのだった。

定が3歳のとき、栄蔵と、多恵と、3人でスイスに行ったのだ。それは最初で最後の、家族揃っての旅行だった。

定は嘔吐に疲れ、そのまま眠ってしまったが、定を気遣う栄蔵と多恵の会話を、ぼんやりした意識のどこかで聞いていた。それが、自分を心配してくれている声である、そして、何より、父と母が話している声であるということが嬉しく、定は、自分のこの苦しみが、いつまでも続けばいいと思った。

辿りついた大きな山の峰を、定は覚えていない。

列車のことだって、今の今まで、覚えていなかった。

自分の記憶のなんと頼りないこと、そのことは、福笑いを始めた頃に、すでに分かっていたはずだった。なのに定は、心から驚いた。その驚きが心地よく、だから定は、嘔吐していることを、恥じなかった。『大河紀行』が、父が、定を見ていた。そのとき定は大人だったが、同時に、小さな定でもあった。

福笑いに、いろいろなことを教えられた、小さな頃の、定だった。

プロレス会場に来るのは、初めてのことだった。

東京ドームや、後楽園《こうらくえん》ホールで開催されていることは知っていたのだが、足を向けたことはなかった。そもそも水道橋《すいどうばし》という駅で降りたこと自体が、初めてだった。

鉛筆形の案内版に従って、後楽園ホールを目指す。途中にある馬券売り場には、たくさんの人がたむろしている。座りこんで酒を飲む者、煙草を吸いながら悪態をつく者、昔行った、東南アジアの景色のようである。蒸し暑い夜だ。

後楽園ホール前の柱に、本日興行のポスターが貼ってあった。

今日は、守口が所属する団体ではなく、他団体の興行ということだった。そこに、守口が挑戦者として登場することになっているのだ。ポスターには、守口の写真が、小さく掲載されている。

守口は、守口すぎる、と言いたくなるような顔をして、こちらを睨みつけている。

定は、その他の選手と守口を、見比べてみた。比較的若い選手が多いようだ。奇抜な髪形をしていたり、全身トライバル模様のタトゥーを施した外国人選手もいる。

定はアマゾン川の流域で会った、顔に動物の刺青《いれずみ》を施している部族を思い出した。彼らは、とても長い吹き矢を使って、猿や鳥を射止めた。男も女も全裸で過ごし、母親になったことのある女は、誰でも乳房から乳を出すことが出来た。

彼らは、腹を下した定の体に樹液を塗って治してくれ、栄蔵の小鼻に動物の髭《ひげ》を模《も》した針を刺してくれた。そして、これで俺たちは家族だ、と言った。

このポスターに映っているひとりひとりが、誰かの家族なのだ、と、急に思い、定はしばらく動けなかった。守口だけでなく、皆が守口と同じくらい、その人なのだ、と思った。定は、彼らの顔を「動かす」ことを、我慢した。

エレベーターに乗っているのは、すべて後楽園ホールを目指す人間だった。『NEW JAPAN PRO WRESTLING』と書かれた揃いのTシャツを着ている者や、夜の街で見るような、豪華な巻き髪の女性などがいる。定は彼らの顔を仔細に眺め、だがポスターの前でそうしたように、顔を弄《もてあそ》ぶのを、我慢した。

エレベーターを降りると、上気した人間の作った熱気が、定を包んだ。『関係者』と書かれた場所でチケットを受け取ると、たくさんの人間が「パンフレット2000円!」だとか、「オフィシャルTシャツあります!」などと叫んでいるのが、耳に飛び込んでくる。朝市のセリのようだ。それらを、先ほどエレベーターで一緒になったような人たちが、食い入るように見て、次々と購入している。

販売員の中に、ひときわ大きな人間がいた。さきほど見たポスターに、大きく掲載されていた人間だった。レスラー自身が売るのかと、定は驚いた。購入した人にサインをしたり、写真撮影に応えたりしている。とても大きいが、守口ほどではない、と、定は思った。守口は今日、どんな相手と対戦するのだろうか。

販売員に、

「守口廃尊さんのものはありますか。」

と聞くと、あれです、と、指で示された。

端のほうに、黒地に、赤い血の雫が描かれているTシャツがぶらさげられていた。雫に重なるようにして、『CALL ME SHIT』と書いてある。定はそのTシャツのSサイズを購入し、トイレで着替えた。着替えるときに分かったが、背中に大きく『廃尊』と書いてあった。

会場に入った途端、真っ先にリングが目に入った。こんなに大きいのか、と、しばらく見入ってしまった。会場には、そこかしこに横断幕が張られている。「CALL ME SHIT 守口廃尊」と書かれた幕を見つけたのが、定は嬉しかった。

守口が取っておいてくれた席は、リングサイド、一番前の席だった。こんなに近く、と、思った。リングをはさんだ向こうには、実況席があり、ゴングが見える。同じTシャツを着た若い男たちが、続々と席につき、ビールを飲んだり、パンフレットを開いたりしている。

ふいに、会場が暗くなった。わあ、と、客席が沸き、音楽が鳴り、スクリーンに映像が流れた。定には分からないことだらけだったが、熱気だけは、はっきりと分かった。見えた。

「体感するんだ。」

いつか守口が言った言葉が、定の目のふちをよぎった。まだ試合は始まっていないが、もしかしたらこの感覚が、もう「それ」なのではないか、と、定は思った。定の隣に座った男は、右腕を大きくふりあげて、何か叫んでいる。

第一試合は、若い選手がふたり出てきた。体全体から、生命力をほとばしらせ、それはやはり、はっきりと形になって、定に見えた。腕を組み、相手の体の下に入る。いつかテレビで見たレスリングに似ていたが、違った。

ひとりが相手の首に腕を巻きつけ、そのまま飛びあがる。くるりと腕を躱《かわ》した相手が、背後を取り、後ろ向きにたたきつける。隅の柱に登り、ジャンプして体当たりをする。驚くほどの速さで。そのたび、音がする。ばん、だん、ごき、ばし、ずん。観客は、それぞれが技を決めるたびに沸き、時々檄《げき》を飛ばす。早くしろ、後ろだ、飛べ、決めろ。中には足で床をどんどんと打ちならす者もいた。どこかの国の、祭のようだったが、それは結局、どれにも似ていなかった。

場外を縦横無尽に走る者、血を流す者、そして、リングに向かって、ずっと叫び続ける者がいた。定は、強烈に喉が渇いたのだったが、何かを買いに席を立とうとは思わなかった。席に縛り付けられたように座り続け、瞬きするのも惜しいというように、リングを見続けた。

休憩時間になり、トイレに立ったとき、首と肩が、大きな音でぎしぎしと鳴った。よほど力が入っていたのだろう。個室に入ると、自分でも感心するほど、勢いよく放尿した。

守口廃尊の顔がスクリーンに現れたとき、それだけで定は、心臓をぎゅう、と、誰かにつねられたように思った。不穏な音楽が流れ、それに合わせて皆、手を叩いた。定は、じっと手を握ったまま動けずにいたが、会場に守口が姿を現すと、思わず、あ、と、声に出した。

守口の顔は、恐ろしかった。

あの顔だ。左目が落ち、鼻が曲がり、口があさってを向いている顔。その顔が、リングを睨み、殺意をみなぎらせて、同時に、何かに強烈に怯えている。その恐怖を糧《かて》に、今まで生きてきたような顔だった。

「体ダルダルだなぁ！」

「また倒れるなよー！」

揶揄《やゆ》する声が聞こえ、定は思わず、声のするほうを見たが、守口は微動だにせず、相手の顔を見つめているだけだった。

ゴングの音は、もう聞き慣れていたはずだった。だが今回の音は、定の胸中の何らかを摑んだ。守口は相手と組む前、ちらりと定の方を見たような気がしたが、あの目では、結局どこを見ているのかは、分からなかった。

守口の相手は、守口よりも、圧倒的に若かった。あのように年齢差がある相手と、試合をすることが、定には信じられなかった。守口の体は、とても大きく、均整が取れていたが、相手の若者のつやつや輝く体とは、比べ物にならなかった。

ばちん、という音がして、守口と若者の体がぶつかる。人間の体が出す音とは思えなかった。守口は若者の首を腕で固め、腰のあたりに持ってきて静止した。若者は守口の腕の中でもがいたが、その度に守口が首を締め付け、逃がさなかった。首が折れてしまうのではないか、そう思った。だが若者は、守口を動けるほうの手で思い切り殴り、守口が体勢をくずした隙に腕からすり抜けた。そして、さきほどまで首を絞められていたとは思えぬ動きで跳び、守口を空中で蹴った。守口はよろけ、その間に若者は、正面のロープにまわって反動をつけ、そのまま腕を思い切り守口の首にヒットさせた。ばごん、という嫌な音がした。

ここからでも、守口と若者の汗が、ぱあっと、しぶきをたてるのが見えた。

守口は、また大きくよろけたが、その場に立ったままだった。

「動けよ廃尊！」

「のろいんだよ！」

若者がもう一度反動をつけ、守口の首に腕を当てた。よろけたが、守口はやはり倒れなかった。

会場がおお、とどよめき、

「頑張ってるねーおじさーん！」

と、誰かが叫んだ。その中に、

「廃尊、いいぞ！」

と言う声が聞こえ、定はその言葉にすがった。

若者がもう一度反動をつけると、さきほどまでリング中央でふらふらしていた守口が、急に体勢を立て直した。そして、同じように腕を首にヒットさせた。ばがん、という信じられない音がした。

若者は守口の腕を中心に回転するように足をあげ、そのまま中央に倒れた。

定は、ああ、と、声を出した。

守口が、ゆっくり両の掌を若者の胸につけ、レフェリーがカウントを取った。若者は2、の叫び声と共に跳ねあがり、ごろごろとロープのほうまで転がって、立ちあがった。守口は、肩で息をしていた。

「守口さん。」

定は知らぬ間に、声を出していた。

「守口さん。」

その声は、だんだん大きくなった。

「守口さん！」

隣の席の男が、ちらりと定を見たが、すぐまた、視線をリングに戻した。リングの上では、若者が守口に空中で蹴りを入れ、守口が倒れていた。

「廃尊！」

隣の男が叫んだ。

「守口さん！」

定も叫んだ。

守口は動かないが、目だけはぎらぎらと天井を見ていた。

「なんだぁ、神様が降りてきたのかぁ?」

「休憩してんじゃねーぞ！」

守口が立ちあがろうとした。中腰になった守口の背中を、若者が思い切り蹴った。ばちん、と音がする。定は自分の心臓が飛び出さないかと心配だ。だが手をやると、それはしっかりとそこにあって、生きている。

読者アンケート

◆この本を何でお知りになりましたか

1.新聞広告　2.新聞・雑誌などの広告（紙、誌名　　　　　　　）

3.書店で見て　4.インターネットで

5.その他（　　　　　　　　　　　　　　　）

◆好きな作家を教えてください

1.　　　　　　2.　　　　　　3.

◆著者・西加奈子の作品で、好きなものを教えてください

1.　　　　　　2.　　　　　　3.

◆本書の中で、好きな場面やセリフを教えてください

◆本書へのご感想をお聞かせください

あなたのご感想を、新聞や雑誌の広告、弊社ホームページなどに、

1.掲載してもよい　　2.掲載してほしくない　　3.匿名ならよい

郵 便 は が き

恐れ入ります
が、切手をお
貼りください

104-8011

東京都中央区築地5−3−2

朝日新聞出版

書籍編集部

『ふくわらい』アンケート係

ふりがな		性別　男・女
ご氏名		年齢　歳
ご住所　〒		
お電話番号	メールアドレス	
ご職業 1. 会社員　2. 公務員　3. 学生　4. 自営業　5. 自由業　6. 主婦 7. その他（　　　）		

ご記入いただいた個人情報は、当アンケートに関する業務および弊社の今後の企画のために利用させていただき、ご本人の承諾なしに第三者に提示・提供することはいたしません。

若者がもう一度守口を蹴った。ばちん！　倒れない。ふりかぶった若者の足を、守口がふいに摑む。摑んだ途端、若者はバランスを崩して倒れた。倒れた若者に、守口が飛びかかる。定には、何をどうしているのか分からない。だが会場が、わ、と沸く。技をかけているのだと気付く。

若者は、守口に首と手首を押さえられている。守口の体は柔らかい。すごく。若者はそのままの体勢で、ずるずるとロープに近づいていった。大きな虫が動いているように見える。足をロープにかけると、レフェリーが守口の腕を叩くが、守口は離さなかった。会場から、ブーイングが起こった。

「離せよ！」

「おっさんもう諦めろ！」

諦めるな、と思う。

「守口！」

定は前のめりになり、掌をずっと心臓に当てている。動いている。

やっと手を離した守口の脚を摑み、若者はぐるりと回転した。したように見えた。守口の巨体が宙を浮き、回る。倒れる。わぁ、という歓声が聞こえる。それは固まりになって、はっきりと定に見えた。

倒れたままの守口の体に、若者がロープの上から飛んだ。膝で腹を突く。守口が、うが、と叫んだ。目を開けたままだ。天井を見つめたままだ。若者は肩で息をしながら、守口の上にかぶさった。レフェリーがカウントするが、３秒手前で、守口は跳ね上がった。わあ、わああ、という、声の塊。

「守口ぃ！」

守口の顔は、異形《いぎょう》だ。

目が濁っている。その目を見ていると、定は急に、悦子のことを思い出す。悦子も死ぬのだ。いずれ。日本で死んだら、速《すみ》やかに焼かれるのだろう。自分の母親のように。ばあん、ばち、守口ぃ。悦子が焼かれたら、あれだけふくよかだった体が、骨だけになるだろう。少し黄色がかった、白い骨になるだろう。立てぇ、馬鹿野郎、どがん、ぐぎ、ばちん。私はそれを、口に含むだろうか。テーの骨を、私は食べるだろうか。わん、つー、おおお、ばんばんばん、だす、ごいん、このやろうっ。いや、食べないだろう。食べない、きっと食べない。守口ぃ、立てよ馬鹿野郎、はあ、はあ、はあ、ばちん、ぐご、がごん。私は泣くだろう。ばすん。だって悲しい。ばたん、おおお、はあ、はあ、はあ。私は、こんなにも悲しい。

「わん、つー、すりー！」

ゴングが鳴る。

リング中央で、守口が大の字になって倒れていた。

若者が肩で息をしてひざまずいているが、レフェリーに片手をあげられる。会場が沸く。守口は動かない。だが目を開けていて、じっと開けていて、定は泣いている。悦子が死ぬと悲しい、定は泣いている。赤ん坊としてこの世に生まれて以来、初めて、こんなに大声で泣いている。でも、もう驚かない。私からは、何だって出るのだ、そう、定は思っている。何だって溢れる。私の体からは、私からは。

オーロラ・ビジョンには、茫然と天井を見あげる守口の顔が、大写しになっている。

小暮しずくを伴って家をたずねたとき、悦子は泣いた。

定が、小暮しずくのことを、「友達」だと紹介する前から、ほとんど嗚咽《おえつ》していた。

小暮しずくは、布団に横たわって泣きじゃくる、すっかり痩せた悦子を見て、始め絶句していたが、やがて、何を思ったのか、一緒に泣き出した。

「定ちゃんにお友達が出来て嬉しい。」

悦子がそう言うと、

「私も、嬉しいです。」

と、小暮しずくは言った。

定は、悦子の部屋に飾ってある、たくさんの白い花、それは定が持ってきたものだったが、それらをじっと見ていた。自分の瞳が、それらを映すことが、奇跡だと思った。

その日は日曜日だった。

小暮しずくは、化粧をしておらず、ジーンズにTシャツを着ていた。定は、恐る恐る、小暮しずくの美しさを褒《ほ》めたが、小暮しずくは、恥ずかしそうに笑って、手を振るだけだった。

小暮しずくには、悦子のことは、乳母《うば》だった人、としか紹介していなかった。自分にとって、悦子がどのような人間であるか、「乳母だった人」以外の言葉で、とことん説明したかった。そして実際、そうした。

悦子の家から駅までの道で、定は、小暮しずくに話し続けた。

自分がどのような家に生まれたか、どのような父だったか、母だったか。そして悦子が、定にとって、どのような存在だったか。

こんなに長く話したのは、初めてだった。支離滅裂で、時系列もバラバラだったが、小暮しずくは、熱心に、最後まで、定の話を聴き続けた。

結局、定が話し終わったのは、ふたりで電車に乗り、新宿に着いて、小暮しずくが行きたいと言っていたベトナム料理屋で、3本目のバーバーバーを飲んだ後だった。ビールを3本も飲んだのに、定の喉はカラカラで、小暮しずくの大きな目は、定をじっと見つめ続けた結果、赤く充血していた。

小暮しずくが、定から目を落としたのは、定が、栄蔵の肉を食べた場面を話したときだけだった。だがそれもわずかな時間で、小暮しずくはビールを一口飲み、またじっと、定を見つめたのだった。

テーブルの上には、少し乾燥した生春巻きと、油が浮いた、牛肉とバジルの炒め物が載っている。

定はそれを昔、ハノイで食べた夜のことを思い出した。

あのときは、ひとりだった。

誰とも話さず、ビールも飲まず、定は黙々とそれらを食べた。そしてその後、右のくるぶしに、カスリモミジガイを彫ったのだった。

定は、その刺青を、小暮しずくに見せることまでした。小暮しずくは、

「何これ、ヒトデ？　ダサい。」

と笑った。

ふたりで、16本のビールを開けた。いつもは、酒に酔うことのない定だったが、その日は、頭がふわふわと軽かった。

だが、おぼつかない頭のどこかで、定は、小暮しずくが話すのを、覚えていた。

「あのイタリア人が言ってた、あ、定ちゃんも言ってた、あの、すべてとか、先っちょの話。なんとなく、分かるような気がしたよ。定ちゃんは、えーと、なんだっけ、私のこと、職場にいる私だけがすべてだって、いつか言ったよね。あれ、イタリア人も言ってたよね、僕が知っている定さんがすべてでなんとかかんとかって。あとさ、先っちょだけでも入れたいとかさ、はっ、ふざけたこと言ってたけど、えーと、何話そうとしてたっけ。あ、そうだ、そう、私も定ちゃんも、今、先っちょで、すべてじゃない？　分かる？　分かるでしょぉ？　今までの歴史みたいなもんあるじゃん、お互い。今日、定ちゃんが話してくれた、定ちゃんの過去、お父さんの肉を食べたこととか、悦子さんに雨乞いを手伝ってもらったとか、お母さんのおっぱいを、ずっと吸ってたこととか、あれ、なんか泣けてきた、泣けてきたよ、はは、それ、そういうのが、すべて積み重なって、その先端に、今の定ちゃんがいるわけじゃない？　私にとって、今の定ちゃんはすべてだよ、そんで、それは先っちょだよ！　すいませーん、ビールください。あれ？　何の話だっけ？　ああ、ああ、この、ね、先っちょ、このさ、定ちゃん、今いる定ちゃんが、先っちょで、すべてなんだよ。分かるよねぇ？　ああなんでだろう、泣けてくるよ。あのさ、定ちゃんさ、長生きしてね。先っちょの後ろに、どんどん、すべて、が大きくなるんだよね。だから、ねぇ、長生きしてよ。ね、私もするから、長生き。絶対ふたりで、長く、生き、ようよ、ねぇ。」

そしてその後、小暮しずくに、テーブル越しに抱きしめられたことも、覚えている。

小暮しずくは、良いにおいがして、暖かかった。定の肩に、小暮しずくから溢れた液体が落ちたが、それが涙なのか、よだれなのか、鼻水なのかは、分からなかった。

「うん。」

そう言った定に、小暮しずくは、ぐえ、と、げっぷで返した。良い返事だった。


定の目の前に、ひとりの男が座っている。

男の顔は、目、鼻、口が、中央に集まり、その仲間を遠目で見るように、眉毛が、わずかに高い位置にある。

之賀さいこである。

之賀さいこは、わずかにふっくらとしていた。銀縁の眼鏡をかけていないのは、レーシックの手術をしたからだった。

定は、之賀さいこの顔を、オニオオハシにしたり、ミズオオトカゲにしたりしていた、いつかの午後を、懐かしく思い出した。そういえば之賀さいこはあのとき、源頼朝にも、なったのだった。

定は、ロイヤルミルクティーを飲んでいる。アイスと迷ったが、ホットにしたのは、暑いながらも、わずかに秋の気配を感じたからだ。一方の之賀さいこは、相変わらず、アイスコーヒーを頼み、ストローでそれを、散々弄んでいる。ストローを動かす度、氷が、カリ、と涼しい音を立てた。

「出し切りましたよ。」

之賀さいこは、厳《おごそ》かな様子でそう言った。

「力をね。」

定は強くうなずき、之賀さいこから受け取った原稿を、ゆっくりと撫でた。

之賀さいこの連載、『Kのいろいろな闘い』が、完成したのである。そして、『Kと呼ばれるアルファベットの男』と改題され、書籍化されることになった。

「傑作だと思います。」

改稿を重ねた原稿は、まぎれもない傑作だった。今までの之賀さいこの殻、そのようなものがあるとするならば、それを打ち破る、新しい作品だった。

「そう思う?」

「はい、思います。」

「傑作だと?」

「はい、傑作だと思います。眩しかった、きらきらしていました。」

之賀さいこの耳が、ぴく、と、動いた。

「ふむ。」

「一気に読んでしまいました。読み終わるのがもったいないけれど、でも、読み進めずにはおれない強さが、ありました。」

「何が?　何があった?」

「読み進めずにはおれない強さが、ありました。」

「ふむ。」

之賀さいこは、指を眉間にもってゆき、眼鏡をあげるような仕草をした。癖なのだろう。眼鏡はもはや、之賀さいこの顔の一部になっていたのだ。

「本当に、傑作だと思います。」

それは、圧倒的なイマジネーションに支えられたフィクションであったが、読み終わった後に、思わず自分の周囲を見回してしまうような、ひやりとした既視感があった。現実の予感に、満ちていた。

レーシックの手術をしたり、新しい開襟のシャツを買ったり、大きなマンションのローンを、やすやすと払い終わったりしても、之賀さいこはひとりで、結局はたったひとりで、この物語を書きったのである。定は之賀さいこの原稿を、何度も音読し、その世界に寄り添い、共感しながら、大いに驚いたのだった。

「之賀さいこ先生のこの傑作、必ずや、素晴らしい書籍にしてみせます。」

「僕のこの、何?」

「之賀さいこ先生のこの、傑作、です。」

「傑作?」

「はい。」

「ふむ。」

之賀さいこの小鼻が、わずかに膨らんだ。定はそれを見て、之賀さいこが、かつてそうすると、わずかに浮き上がった眼鏡の、細い光を思い出した。

定がくしゃみをした。それを見て、之賀さいこが、定を気遣った。

「寒くないですか。」

「ありがとうございます。大丈夫です。」

定が笑うと、之賀さいこは、定の顔を、少し不自然なほど、じっと見つめた。

「鳴木戸さん。」

「はい。」

「感謝していますよ、いろいろ。」

「まあ。感謝されることなどありましょうか。」

定は胸の前で、大きく手を振った。之賀さいこはその手の動きすらも、熱心に見ていた。

「雨を止ませてくれたり、または降らせてくれたり。そして深夜の電話にも出てくれたし、早朝の招集にも応じてくれた。」

「それは、編集者として当然のことです。」

「ふむ。」

「ええ。」

「でも、感謝しているんです。僕は。」

「何でしょうか。」

「あなたが編集者だから書けたような気がします。あなたは『書かない』のだけれども。」

之賀さいこの、不器用な感謝は、定の胸を打った。定は、自分の胸がじわりと熱くなるのを感じた。ありきたりだが、それでも強く、編集者でよかった、と、定は思った。

「もったいないお言葉です。本当に。」

深々と頭を下げた定を、之賀さいこは、やはり、じっと見つめた。

「鳴木戸さん。」

「はい。」

「あなた、もしかして。」

「なんでしょう?」

「ほら、あなたがそうやって語尾を上げて話すことなどなかったし、『きらきら』などというオノマトペも、まあ、などという感嘆詞も、かつて使ったことはなかった。そして、胸の前で手を振るなどという仕草も、見たことがない。」

「はあ。」

「その、困ったような『はあ』なんていうのも。」

定は、本当に困り、黙り込んでしまった。之賀さいこは、そんな定をひとしきり眺めた後、声をひそめた。

「鳴木戸さん、もしかして、恋、的なものを?」

定は、之賀さいこをひたと見つめた。

「あ! 目が潤んでいる! ドライアイと言ってよかった鳴木戸さんの目が、こんなに潤んでいる！　やはりそうか！」

「之賀さいこ先生。」

「鳴木戸さんが恋を……。鳴木戸さんが……。」

之賀さいこは、爪をかみながら、ぶつぶつと呟いていた。定は、どうしていいのか分からなかった。之賀さいこの言うことが、間違いではなかったし、だが、しっかりと言いあてているわけでもなかったからだ。

「鳴木戸さんが、恋を……。」

確かに定は、恋をしていた。いや、恋というものを経験したことがなかったから、恋、のようなものを、かもしれなかった。

「恋。」

定が、そう声に出すと、之賀さいこが、びく、と体を震わせた。

「恋。」

定が恋を思うとき、脳裏に浮かぶのは、父と共に歩いた道であったり、母の乳房であったり、悦子の光を失った目であったり、小暮しずくのつやつやした唇であったり、守口廃尊の体が発するばちん、という音であったり、武智次郎の白杖の美しい軌跡であったり、アイスコーヒーの氷の涼しい音であったり、プラタナスが恥ずかしそうに揺れるさまであったり、アフリカの仮面のひょうきんなたたずまいであったり、月に一度股の間から流れる血の赤さであったり、今、こうして眼の前を、小さな粒子が飛びまわっているさまであったりした。

「そうです。」

定は、世界に恋していた。

目に入るもの、耳に飛び込んでくるもの、唇を撫でるもの、すべてが眩しく、そして、くすぐったかった。今定は、世界を、これ以上ないほど、クリアに見ていた。定と世界の間には、お互いを隔《へだ》てるものは何もなく、そしてそのことがまた、定を、くすぐったい思いにさせるのだった。それを恋というのなら、こんなにも美しい感情はない、と、定は思った。

「鳴木戸さん。」

「はい。」

「恋、的なものを?」

「はい。」

「ふむ。」

之賀さいこは、自分の観察眼が間違いではなかったことで満足し、深いため息をついた。

「よかったですね。」

定は、にっこりと笑った。

「鳴木戸さん。」

「はい。」

之賀さいこは、そんな定に、大きく目を見開いた。

「笑うようになりましたね。」

定は、本当によく笑うようになった。

口角は、一度上げてしまえば、その後は思いのほか、やすやすと、あげることが出来るのだった。何度でも、あげることが出来るのだった。


定からの急な申し入れに、武智次郎は喜ぶよりも先に、驚愕《きょうがく》していた。

「定さん、いいんですか。」

武智次郎の、はずむような言葉に、定は、

「ええ、私の体ですもの。」

そう答えた。

場所は、定の家にした。父の戦利品や、父の、そして母のものであったにおいに囲まれ、定は裸だった。

武智次郎は、定の体を、丁寧に丁寧に手で触り、定は目隠しをしていた。もちろん白いタオルだ。柔らかなパイル地が、まぶたを優しく刺す、その「感じ」を、定はどれほど愛したことだろう。それは、初めて福笑いをしたときの、タオルを優しく巻いてくれた多恵の甘い匂いと、結び付いているのかもしれなかった。目が見えなくなっても、自分は完全に守られていると思っていた小さな頃の、あの暗闇の善意と、定はしっかり、繋がっているのかもしれなかった。

「定さん。」

武智次郎の声はかすれていた。

その声は言葉となって、文字となって、しまいには線、そして何か分からぬものになって、定の耳の奥深くに入って来た。きちんと、間違わずに入って来た。定はそれを感じた。

「先っちょだけ?」

「はい。先っちょだけです。」

武智次郎は、言う通りにした。

先っちょを定の脚の間に当てがって、じっと動かなかった。少しだけ触れたそこだけ、体温があがって、ぽかぽかとして、面白かった。先っちょだが、武智次郎のそれは、ほんの先っちょだったが、それだけで、武智次郎のすべてを知ったように思った。それは、小暮しずくのおかげだった。

こい、と、定は声に出してみた。

武智次郎は、え、と言ったが、すぐに黙った。

支えているのが苦しいのだろうか、定の体の横で、武智次郎の腕が、ぷるぷると震えていた。空気が振動して、定の体に伝わって来た。

定は、周囲の空気から、もう定だった。

定の輪郭が溶けて、定がひろがってゆく。だが定の体は、きちんとそこにある。

定は、目隠ししていても、武智次郎の顔を思い浮かべることが出来た。目や鼻を、もう、どこかへやったりはしない。武智次郎はそこにいて、しっかりそこにいて、その輪郭は淡く、定の輪郭と、うねうねとまじりあっていった。

しばらくそうしていると、武智次郎が、う、と言った。定の体ではなく、本当に生暖かいものが、定の腹を覆った。そこだけ、体温があがった。

「あいしてる。」

武智次郎が呟いた。

言葉の意味は、きちんと理解出来なかったが、武智次郎がそれを言う気持ちは、定にも分かった。すごく分かった。


あの日、試合に負けた守口は、それでもなかなか、リングを去らなかった。客からはまばらな拍手と、投げやりな野次《やじ》が飛んだが、それでも守口は、リングを去らなかった。

勝者の若者も去ってしまったリングの上で、守口はマイクを要求した。おお、とどよめく者、なんだよもう帰れと怒鳴る者、その中で、定は泣きながら、守口をじっと見つめた。

困った顔で、それでもレフェリーが守口にマイクを渡すと、守口は、げほん、と咳をした。マイクがキィイイインと甲高い音を立て、定の隣の男が、慌てて指で耳をふさいでいた。

「今度、本を出します。」

守口の声は、ほとんど呟きだった。なんだよ宣伝か馬鹿野郎、と、誰かが叫んだ。

「5年間、書いてきた、おいらの、言葉の、本です。その、」

いつ怪我したのだろう。守口のこめかみから、血が滴り落ちていた。

「原稿を、暗誦《あんしょう》させてください。」

なんだよそらぁ、ばかやろう、つぎのしあいいけ、もりぐちひっこめ、しにぞこないめ。

それでもレフェリーは、守口をリングから降ろそうとしなかった。守口は感謝するように、レフェリーに向かってうなずき、そのまま、話し始めた。

「おいらはプロレスラーだ。」

会場が鎮まった。

だがそれは一瞬のことで、また方々から、引っ込め、邪魔だ、という怒声が飛んできた。それでも守口は、話した。

「だが、こんな風に売文《ばいぶん》もしている。本当は、言葉が怖い。言葉をうまく組み合わせないといけない社会が怖い。でも、頼らずにおれない。おいらには言いたいことがたくさんあった。猪木さんになりたかった。ずっと猪木さんみたいになりたかった。でもなれなかった。天才にはどうしたってなれねぇ。でも、おいらには、これしかない。猪木さんの背中すら見えない、足跡すらかすんでいる、そんな道で、でもおいらは、やるしかないんだ。だって、おいらはプロレスが好きなんだ。プロレスに好かれていなくても、おいらはプロレスが好きなんだ。そしてそんな俺が、俺なんだ。猪木さんじゃねぇ、俺なんだ。俺は死ぬまでプロレスをやる。そしてその決意を、こうして言葉にする。おいらは体も、言葉も好きだ。それって何だ、わからねぇけど、ほとんど生きてるってことじゃねぇのか。おいらが生きてゆくってことじゃねぇのか。生きてるんだから、おいらは好きなことをする。生きるのが終わるまで、好きなことをする。」

定が覚えている原稿と、それは一言一句たがわなかった。だから定も、守口と一緒に、小さな声でその言葉を、口にした。この感覚だ。誰かの言葉を、自分のものにする感覚。

死んだ水森の遺体に寄り添っていたヨシ。ヨシも、このような気持ちだったのだろうか。誰かの声が、自分の声になって、でも自分は、自分でしかないのだ。この体がある限り。

「いいぞ廃尊！！！」

しわがれた、老人の声だった。だがその声をきっかけに、拍手が起こった。まばらだったが、それはきちんと、人が、手と手を叩いた音だった。

「だからさ、あんたらも、好きなことをやってください。」

守口は、最後、原稿になかったことを言った。そして、ぺこりと頭を下げて、リングを下りて行った。

その背中が、いつまでも定の網膜から消えなかった。次の試合が始まっても、すべての試合が終わっても、いつまでも、いつまでも消えなかった。

「お礼に、何かしてほしいことはありますか。」

体を離すとき、武智次郎が、定にそう聞いた。定は目隠しをしたままだったが、その目が、緑色で、きちんとそこにあるのは分かった。どこにも洩《も》れでてゆかない、武智次郎の顔が、きちんとそこに、あるのだった。

「はい。」

「あるんですね。」

「あります。」

「定さんのお願いなら、なんでもします。」

「初めて会った、新宿通りを、一緒に歩いてください。」

「そんなことでいいんですか。僕だって、一緒に歩きたいです。」

「私は、武智さんの隣で、好きなことをしますから、武智さんはどうか、私の手を握って、離さないでください。」

「分かりました。」

「私の手を。」

「はい。定さんの手を。」


日曜日の新宿通りは、歩行者天国になっている。人が多かった。百貨店の紙袋を持った人や、小さな犬を連れた人が、縦横無尽に見えて、だが結局は、規則正しく歩いていた。

定と武智次郎は、初めて会った場所まで歩いた。

「あのときのこと、覚えています。」

武智次郎は、白杖を握り直しながら、にっこりと笑った。

「定さんは、本当に美人だった。」

「そうですか。」

「はい。一目ぼれです。」

「そうですか。」

「はい。嬉しいですか。」

「嬉しいです。」

「僕のこと、好きですか。」

「分かりません。でも、」

「でも?」

「雨雲くらいなら、呼べそうな気がします。今日は、とても晴れていますが。」

「それは、どういう?」

「分かりません。でも、これから段々、分かると思います。」

「分かりました。待ちます。」

「それと、私は、武智さんのおっしゃる通り、すごく美人です。」

「そうでしょう。」

「はい。美人です。」

「やっぱり。」

定は、少しだけ、と言って、武智次郎の手を離した。

武智次郎は、定のことを信じて、そのまま待っていた。そして、顔を太陽のほうへ向けて、眩しそうに、目を細めた。光は見えるのだと、いつか武智次郎は言った。では自分は、武智次郎にとっての光だ。定は思った。

定は、服を一枚一枚、脱いでいった。

周囲の人ははじめ、白杖を持った、イタリア人であるはずの武智次郎を見ていたが、いつしか、その視線は定の方に集まった。

定は、シャツを脱ぎ、スカートを脱ぎ、靴を脱ぎ、靴下を脱いだ。

下着姿になった定に、皆驚いたが、定はひるまなかった。

ブラジャーを取り、ショーツを脱ぎすてた。

だいだい色の乳首と、密生した毛が見えたとき、わ、と言う人もあったが、定は、体が太陽で、じわじわと温められてゆくようで、面白かった。とても、清々しかった。

「武智さん、お待たせしました。歩きましょう。」

「はい。」

武智次郎の手を取ると、それはしっとりと、汗ばんでいた。その湿り気も心地よく、定は、にっこりと笑った。

ふたりは歩きだした。

武智次郎は、いつしか白杖に頼るのをやめていた。そして定が、そうしてくれればいいのにと思うことをした。つまり、白杖を、ぐるぐると振り回したのだ。その軌跡はやはり綺麗で、とても綺麗で、定は嬉しかった。武智次郎は鼻歌を歌っていて、定の体は、世界中で入れた墨に守られながら、きらきらと光っていた。

ハチドリ、コモドオオトカゲ、マリゴールド、バオバブ、夜光貝、アンスリューム、白鯨、オニヤンマ、アフリカツメガエル、ヤク、カスリモミジガイ、カバ、ハクトウワシ、インパラ、ラフレシア。

「何、パフォーマンス?」

「やばいやばいやばい。」

周囲のざわつきが、どんどん大きくなった。定の正面に回って、写真を撮る者もあったし、携帯で動画を撮影している者もいた。

武智次郎は鼻歌をやめなかった。そして、ふたりの手は、しっかりと繋がれたままだった。

「頭おかしいんじゃない。」

そんな風に言う者もいた。警察呼べ、という言葉も聞こえた。

だが、いつしか皆、黙ってしまった。黙って、ふたりを見ているようになった。

ふたりが、あんまり幸せそうだったからだ。

男は鼻歌を歌い、裸の女は、眩しそうに太陽に目を細めている。その様が、あんまり幸せそうだったからだ。だから皆、いつの間にか、しんと、静かになった。

もうすぐ警察官が駆けつけるだろう。

だが皆、もう少し、と思った。警察官が来るのが、もう少し、遅れればいい、そう思った。

この、まるっきり幸せな恋人たちを、もう少し、歩かせてあげたかった。

何メートルでもいい、何十センチでも、何ミリでもいい、この幸せな恋人たちを、少しでも先へ、歩かせてあげたかった。
皆思った。皆の体で、そう思った。

初出

「小説トリッパー」二〇一一年秋季号から二〇一二年春季号

西　加奈子（にし　かなこ）
1977年テヘラン生まれ。関西大学法学部卒業。2004年『あおい』でデビュー。05年『さくら』が25万部を越えるベストセラーになる。07年『通天閣』で織田作之助賞受賞。著書に、『白いしるし』『円卓』『漁港の肉子ちゃん』『地下の鳩』など多数。

ふくわらい

2012年8月30日　第1刷発行

著　　者　西加奈子《にしかなこ》
発 行 者　市川裕一
発 行 所　朝日新聞出版
〒104－8011　東京都中央区築地5－3－2
電話　03－5541－8832（編集）
03－5540－7793（販売）
印刷製本　凸版印刷株式会社

ISBN978-4-02-250998-7
定価はカバーに表示してあります